COLLECTION
FOLIO CLASSIQUE

Saint Augustin

# Confessions
# Livre X

*Édition présentée*
*par Philippe Sellier*
Professeur à l'université
de Paris-Sorbonne

*Traduction d'Arnauld d'Andilly*
*établie par Odette Barenne*

Gallimard

# PRÉFACE

*Les* Confessions *de saint Augustin ont été l'un des livres de chevet de l'Occident. Elles connurent un succès immédiat, et inouï. L'enquête monumentale de Pierre Courcelle* Les « Confessions » de saint Augustin dans la tradition littéraire *(1963) n'a fait que donner une première idée du rayonnement de l'ouvrage, et elle privilégie la littérature : Dante, Pétrarque, saint François de Sales, Bérulle, Pascal, Fénelon, Rousseau, Chateaubriand, Sainte-Beuve et même Renan; le savant professeur au Collège de France y traite néanmoins aussi de quelques courants spirituels et de figures de proue de la théologie, de Grégoire le Grand à saint Thomas et à saint Bonaventure, puis de Luther et Calvin à Bossuet et aux plus illustres prédicateurs chrétiens. Quel explorateur ambitieux osera se lancer dans une recherche comparable chez les philosophes ou chez les mystiques ?*

*Que de thèmes éclatants apparurent comme inaugurés par les* Confessions*! L'inquiétude constitutive de l'homme, le poids de l'enfance, les orages de l'adolescence, la pression du passé sur le présent, la chaîne des habitudes, le vague des passions, les séductions des amitiés et des amours, les prestiges du théâtre, la présence originaire du mal, les profondeurs de la mémoire, le mystère du temps, l'errance spirituelle et la proximité de Dieu.*

## LE TOURNANT D'UNE PENSÉE

*Les* Confessions *ont été composées vers 397-400. Augustin, alors âgé de près de quarante-cinq ans, avait reçu le baptême une dizaine d'années plus tôt. Il occupait depuis peu le siège épiscopal d'Hippone, dans la province romaine de Numidie (sur la côte orientale de l'Algérie actuelle).*

*En 386, près d'un an avant son baptême, Augustin avait été ébloui par la découverte de la pensée néoplatonicienne (Plotin, Porphyre). Il avait ensuite lu les* Lettres *de saint Paul en y admirant les versets qui lui semblaient confirmer son idéal de sérénité philosophique, d'accès à la sagesse de « l'homme intérieur ». Il insistait alors sur le libre arbitre et sur les forces de l'homme, en des termes qui l'apparentaient à certains de ses adversaires futurs, les « semi-pélagiens ». Mais à partir de 394 un tournant s'opéra dans sa vie intellectuelle. Il comprit que l'être humain est incapable de choisir durablement les vraies valeurs, le Bien et l'Éternel, sans la communion avec Dieu, sans la Grâce divine. Un verset de saint Paul, dans la Première lettre aux Corinthiens (4,7), créa le choc décisif : « Qu'as-tu que tu ne l'aies reçu ? » Augustin en parle lui-même, à la fin de sa vie, comme d'« une révélation divine ». Cette métamorphose théologique se manifesta dès 396 dans sa* Réponse à diverses questions *de son ami* Simplicien. *Mais elle allait s'affirmer avec toute son ampleur dans les* Confessions. *Elle fait de cette œuvre un poème du mysticisme chrétien, radicalement opposé aux tentatives d'athlétisme moral inspirées du stoïcisme que l'Église catholique allait bientôt reprocher au moine Pélage.*

## L'« ORDRE DU CŒUR »

*L'ouvrage comprend deux vastes ensembles : les livres I à IX obéissent à une progression chronologique et présentent la vie d'Augustin de sa naissance (354) à sa conversion et à* la mort de sa mère (387). Cette première partie a vraisemblablement circulé quelques mois. La voyant bien accueillie, son auteur reprit la plume avec la méditation sur le temps présent et sur la mémoire que nous donnons ici (livre X), avant d'élargir encore les perspectives en une longue célébration de Dieu dans la Création (livres XI à XIII).

I. L'enfance
II. La seizième année
III. Les études à Carthage
IV. Les neuf années manichéennes
V. La vingt-neuvième année
VI. La trentième année
VII. La découverte du néo-platonisme
VIII. La conversion
IX. Le baptême et le deuil

. . . . . . . . . . . . . . . . . . .

X. Temps présent, mémoire et désir
XI. La Création du monde et le temps
XII. Le ciel et la terre
XIII. Lumière de la Création

Où réside l'unité de tant de développements aussi riches ? Inutile de chercher dans les Confessions l'architecture rigoureuse d'un traité. L'œuvre se développe de façon musicale, par variations sur un thème central, par des reprises, par la gravitation obstinée autour d'un point. C'est ce que Pascal, avec sa clairvoyance habituelle, a appelé l'ordre du cœur :

« L'ordre. Contre l'objection que l'Écriture n'a pas d'ordre.

Le cœur a son ordre, l'esprit a le sien, qui est par principe et démonstration. Le cœur en a un autre. On ne prouve pas qu'on doit être aimé en exposant d'ordre les causes de l'amour; cela serait ridicule.

Jésus-Christ, saint Paul ont l'ordre de la charité, non de l'esprit, car ils voulaient échauffer, non instruire.

Saint Augustin de même. Cet ordre consiste principale-

*ment à la digression sur chaque point qui a rapport à la fin, pour la montrer toujours. »*

(Pensées, *éd. Le Guern, fr. 280; éd. Sellier, fr. 329.)*

*Ce foyer unique des treize livres, il ne faut pas le chercher bien loin. Il est indiqué d'emblée par le titre. Comme aiment à le faire les écrivains modernes, Augustin a choisi un mot d'une séduisante polyvalence : la* confessio *est à la fois louange de Dieu, aveu des défaillances et profession de foi en ce Dieu personnel, intime. Ce titre, soleil de toute l'œuvre, permet de préciser pourquoi son auteur l'a écrite. On s'est demandé si Augustin ne s'était pas proposé de répondre aux attaques de ses adversaires donatistes, qui lui reprochaient son passé agité. C'est peu probable, tant les développements paraissent surgir d'une nécessité intérieure. Partout se devine la présence du verset biblique rappelé plus haut : « Qu'as-tu que tu ne l'aies reçu ? » De là l'étonnante unité d'éclairage de l'ouvrage : l'auteur écrit comme irradié d'une lumière divine. Son récit se mue en prière ou en méditation, sans aucun souci de « prouver », au gré de la mémoire et des élans intérieurs. De là la fascination exercée par ce lent, sinueux cheminement d'un être humain intensément vivant, hésitant, divisé; mais un cheminement que — avec le recul du temps — l'auteur a situé sous la lumière d'un Dieu qui le guide, qui lui parle à travers les lectures et les rencontres. Deux magnifiques textes bibliques président à cet itinéraire : le Psaume 139, célébration de l'omniprésence divine au plus intime de l'âme et dans la Création, et la parabole de l'Enfant prodigue, au chapitre 15 de l'Évangile de saint Luc. Cet enfant perdu qui a végété longtemps « dans un pays lointain », exilé de la maison paternelle, privé de la joie, c'est évidemment Augustin lui-même.*

## THÉOLOGIE ET LITTÉRATURE

*D'une rare densité théologique, philosophique et spirituelle, les* Confessions *appartiennent à une époque où la réflexion théologique allait de pair avec l'exigence artistique, l'élaboration littéraire.*

*Assurément le lecteur moderne, souvent épris de concision et de rapidité, doit parfois accepter un dépaysement culturel quand il aborde certains développements luxuriants des* Confessions. *Saint Augustin a enseigné la rhétorique pendant de longues années, avant sa conversion. Il admire la houle cicéronienne* (Tulliana dignitas) *et recourt aisément à l'amplification, ce qui a donné naissance à tant d'analyses approfondies et fines de la vie psychologique ou de diverses énigmes de l'existence. Cette tendance à l'ampleur est renforcée par deux autres caractéristiques de l'écriture augustinienne : le lyrisme, suscité par les infinies vibrations d'une sensibilité ardente, et une véritable verve, le goût du jeu verbal, qui contribue à l'orchestration. Augustin oppose ainsi le trop-plein de ses discours anciens de professeur d'éloquence au vide intérieur qu'il ressentait dans l'exercice de cette profession : lui, si* disert, *n'était spirituellement que* désert.

*L'ouvrage abonde en superbes élans lyriques, en formules inoubliables, qui n'ont cessé d'étinceler dans la mémoire occidentale. La maîtrise de la littérature latine classique s'y enrichit de l'influence des écrits bibliques, qu'Augustin lit dans d'anciennes traductions latines antérieures à la Vulgate de saint Jérôme. À la Bible sont empruntés les notations violemment concrètes, l'art des reprises, la parataxe (ou juxtaposition légère des phrases, sans la lourdeur des liaisons), les ouvertures par* voici que *ou les rebondissements par des* et *répétés. La richesse du vocabulaire affectif, le travail musical (les magnifiques cadences, les réseaux de correspondances sonores), tout cela concourt à placer les* Confessions *parmi les plus hautes réussites du poème en prose.*

*Enfin les neuf premiers livres imposent d'un seul coup un*

genre littéraire jusque-là peu pratiqué et peu réussi : l'autobiographie, c'est-à-dire « le récit rétrospectif en prose que quelqu'un fait de sa propre existence, quand il met l'accent sur l'histoire de sa propre personnalité » (Philippe Lejeune). Certes divers penseurs avaient déjà eu l'idée de raconter par quel itinéraire ils s'étaient approchés de la vérité, aussi bien dans le paganisme que chez les premiers écrivains chrétiens (Justin au IIe siècle ; saint Hilaire dans la préface de son traité De la Trinité, au milieu du IVe siècle). Mais cette trame de la quête du vrai n'avait jamais permis le surgissement d'un ouvrage d'une ampleur et d'un éclat comparables à ceux des Confessions. Augustin a opéré, avec son génie propre, la cristallisation de tendances profondes du christianisme. C'est en effet ce dernier qui, en révélant en chaque personne une image de Dieu, a donné tout son prix au cheminement de chacun, à la subjectivité ; il a suscité à la fois l'autobiographie et la légende, ou vie de ceux qui ont pleinement suivi le Christ, vie composée dans la perspective d'une récitation liturgique (legenda, une existence qui doit être lue à tous). De là le rôle singulier des Confessions, où des centaines de milliers de lecteurs se sont en partie retrouvés et qui ont inspiré toutes sortes de récits religieux. L'autobiographie ne connaîtra sa pleine floraison que dans la seconde moitié du XVIIIe siècle, au moment où se multiplieront soudain les œuvres (Duclos, Gibbon, Alfieri, etc.) ; mais il est significatif que la figure de proue de ce mouvement, Jean-Jacques Rousseau, intitule précisément l'histoire de sa vie Les Confessions.

En France, le XVIIe siècle a été un siècle d'or pour le rayonnement de l'œuvre augustinienne : en théologie (de Bérulle à Fénelon), en philosophie (avec certains aspects de Descartes et surtout avec Malebranche), en littérature (Pascal, La Rochefoucauld), dans le domaine de la mystique... Mais le fer de lance de ce renouveau augustinien a été Port-Royal.

## UN « GROUPE LITTÉRAIRE » : PORT-ROYAL

*« À mes yeux, écrit Stendhal dans* Mémoires d'un touriste *(1837), la perfection du français se trouve dans les traductions publiées vers 1670 par les Solitaires de Port-Royal. » Comment expliquer qu'un monastère de cisterciennes, vouées au silence, ait fait tant de bruit dans notre culture, et soit devenu le centre d'un des « groupes » théologiques et littéraires les plus prestigieux de notre histoire ?*

*En 1609, la jeune abbesse du monastère de Port-Royal des Champs, à vingt-cinq kilomètres au sud-ouest de Paris, avait réformé son abbaye, passablement relâchée. Elle s'appelait Angélique Arnauld, et était issue d'une grande famille de la noblesse de robe, cultivée et gallicane. Le prestige de la « Mère Angélique » ne cessa de s'accentuer ; elle réforma d'autres abbayes et fut bientôt surnommée la sainte Thérèse de Cîteaux. Par suite du climat insalubre de la vallée de Chevreuse, elle transféra son monastère à Paris en 1625, où les bâtiments peuvent aujourd'hui encore être visités, à l'angle de la rue du Faubourg-Saint-Jacques et du boulevard de Port-Royal.*

*Quelques années plus tard, le monastère se donne pour guide spirituel un théologien réputé, Jean Duvergier de Hauranne, abbé de Saint-Cyran. Bientôt commencent à se réunir, d'abord à Port-Royal de Paris, puis auprès du monastère abandonné de la vallée de Chevreuse, des hommes décidés à vivre dans la solitude, la prière et l'étude. On les appellera les « Solitaires de Port-Royal ». Parmi eux, un avocat célèbre, Antoine Lemaître (1608-1658), son frère Louis-Isaac Lemaître de Sacy (1613-1684). Ceux-ci étaient neveux de la mère Angélique Arnauld, qui attira aussi, dans l'orbite de Port-Royal, certains de ses frères, comme Robert Arnauld d'Andilly — le futur traducteur des* Confessions *— et Antoine Arnauld, dit « le grand Arnauld », interlocuteur de Descartes, de Pascal, de Malebranche, de Leibniz. Arnauld s'attacha* *bientôt comme collaborateur un jeune théologien, Pierre Nicole.*

*En 1648, comme les religieuses dépassent la centaine, une partie d'entre elles peut se réinstaller dans l'ancien monastère, grâce aux travaux d'assainissement effectués par les « Solitaires ». Désormais, les deux maisons de Paris et des Champs formeront une seule abbaye, sous la direction d'une abbesse résidant à Paris.*

*Quatre ans plus tard, c'est la prise de voile de Jacqueline Pascal. Son frère Blaise, connu alors comme mathématicien et physicien, devient, lui aussi, l'un des proches de Port-Royal. Pour donner une idée plus complète de la force d'attraction du groupe, signalons que se joignit aux « Solitaires » le chevalier Renaud de Sévigné, oncle de l'épistolière et beau-père de Mme de Lafayette ; que la marquise de Sablé, amie de Pascal et de La Rochefoucauld, s'établit en 1656 — hors clôture — au premier étage du monastère de Paris, où elle tenait salon ; que la duchesse de Longueville, cousine de Louis XIV, se fit construire une résidence jouxtant le monastère des Champs, où — pendant ces années 1650 — se formait le jeune Racine.*

*Le « groupe » ainsi constitué était très attaché à la théologie de la Grâce élaborée par saint Augustin au tournant des IV^e^-V^e^ siècles. Il se trouva donc plongé dans les controverses qui, depuis la fin du XVI^e^ siècle, opposaient aux augustiniens la Compagnie de Jésus, les jésuites. Il prit parti, au cours des années 1640, pour un grand historien de la pensée augustinienne, l'évêque Jansen, devenu célèbre sous le nom latinisé de Jansénius. Arnauld fut bientôt relayé par Pascal, lors de l'éclatante campagne des* Lettres provinciales *(1656-1657). Ces prises de position causèrent une véritable persécution de Port-Royal par le pouvoir politique, qui aboutit en 1710 à la destruction totale de Port-Royal des Champs, sur l'ordre de Louis XIV.*

*Le tintamarre des conflits sur le « jansénisme » a gravement faussé les perspectives sur Port-Royal. Il a fait presque oublier qu'au moment de la publication du fameux* Augustinus de Jansénius, en 1640, le monastère apparaissait depuis longtemps comme l'un des fleurons de la Réforme catholique, qu'il avait été lié à saint François de Sales et à Bérulle. Plus grave encore, il a presque occulté le rythme inouï de publications en langue française dont le catholicisme a très longtemps profité en France. Qu'il s'agisse de traductions de la Bible et des Pères de l'Église ou du Siècle d'or espagnol, de travaux historiques (avec Lenain de Tillemont), de publications liturgiques, de grammaire ou de logique, de défense et d'illustration de la pensée catholique, les membres de ce « groupe » ont fait preuve d'une activité qui confond quiconque en prend aujourd'hui la pleine mesure.

Parmi ces illustres « Solitaires » figurait un poète et traducteur de talent, Robert Arnauld d'Andilly.

## UN SOLITAIRE HOMME DU MONDE

C'est en 1585 que prend son origine la célébrité de la famille Arnauld. Cette année-là, Antoine Arnauld l'ancien, alors avocat au Parlement de Paris, épouse Catherine Marion, dont le père est, lui aussi, avocat en ce même Parlement. De ce mariage naîtront vingt enfants. L'aîné, Robert, voit le jour en 1589. Il est élevé à Paris, dans un milieu cultivé, qui réside non loin de la paroisse Saint-Merri. Son père s'est chargé d'assumer lui-même sa formation intellectuelle, comme le fera un peu plus tard — et avec le même succès — le père de Blaise Pascal.

Introduit très jeune dans le monde et à la cour, Robert, grâce à l'un de ses oncles, acquiert une excellente connaissance des affaires politiques et bientôt assiste au Conseil des finances en qualité de secrétaire. Il épouse en 1613 Catherine Le Fèvre de La Boderie, fille d'un ambassadeur, et prend le nom d'Andilly, une terre qu'il posséda jusqu'en 1643 ; de cette union naîtront quinze enfants : les six filles prendront le voile à Port-Royal. Parmi les garçons, le second, Simon, marquis *de Pomponne, futur ministre de Louis XIV, sera toujours le préféré, comme le souligne dans ses* Mémoires *le fils aîné, Antoine. Son troisième fils, Henri, sieur de Luzancy, se retirera comme Solitaire à Port-Royal en 1642.*

*De 1620 à 1622, Robert Arnauld accompagne dans le Midi le roi Louis XIII, qui a entrepris de réduire la rébellion des Huguenots. C'est au cours de ces déplacements qu'il fait à Poitiers la connaissance de l'abbé de Saint-Cyran et noue avec lui une amitié qui ne se démentira jamais. Grâce à lui, Saint-Cyran fait en 1623 la connaissance de sa sœur, la Mère Angélique. En 1622, Louis XIII propose à Arnauld d'Andilly de devenir secrétaire d'État ; mais celui-ci, trouvant la charge trop coûteuse, élude. Après une courte période passée au service de Gaston d'Orléans, frère du roi, Robert se retire sur ses terres de Pomponne (près de Lagny-sur-Marne), où il passe huit années (1626-1634), « dans une grande tranquillité d'esprit ».*

*Un moment intendant de l'armée du Rhin, Arnauld d'Andilly se démet de sa charge dès 1635. Il se rapproche de l'abbé de Saint-Cyran, dont son frère cadet, Antoine, devient le disciple et que sa sœur Angélique adopte comme directeur spirituel de Port-Royal. À la mort de sa femme (23 août 1637), Robert songe à se retirer du monde. Mais il faudra la mort de son ami Saint-Cyran, en 1643, pour que cette retraite commence à se réaliser en 1644 et devienne définitive en 1645 : il rejoint alors, à cinquante-cinq ans, le groupe des Solitaires qui vivent aux abords du monastère des Champs. Il va y passer trente années.*

*Parfait homme du monde, au centre d'un vaste réseau d'amitiés et de relations, Arnauld d'Andilly ne rompt pourtant nullement avec la haute société parisienne. Il se déplace fréquemment chez des amis, comme la brillante comtesse Du Plessis-Guénégaud, où il rencontre Mme de Sévigné, Mme de Lafayette... On le plaisantait d'ailleurs sur sa prédilection pour les belles âmes surtout quand elles se trouvaient dans de beaux corps. Certains lui reprochaient aussi de recevoir trop souvent à Port-Royal l'aristocratie de la capitale.*

À Port-Royal, le nouveau Solitaire fait preuve d'une activité intense. Il fait assainir et défricher les lieux à ses frais. Il cultive les fruits et les fleurs, se décerne avec humour le titre de Surintendant des jardins, surprend agréablement ses amis, et même la reine, par l'envoi de primeurs, de poires ou de pêches magnifiques. De là, en 1652, la rédaction de La Manière de cultiver les arbres fruitiers.

Andilly avait toujours éprouvé le plus vif plaisir à écrire. Au sein même de ses activités au Conseil des finances, en 1613, il lui arrivait de composer cent vers par jour, et jusque dans l'inconfort d'un carrosse. En relation avec des écrivains alors célèbres comme Guez de Balzac ou Chapelain, il s'affirme en toutes sortes de domaines : poésie, lettres, Mémoires (rédigés vers 1664, et publiés en 1734) et surtout art de la traduction. La Rochefoucauld lui envoie une copie de ses Mémoires en sollicitant ses corrections pour la pureté du style. En 1671, il collabore avec La Fontaine à la publication d'une anthologie poétique, le Recueil de poésies chrétiennes et diverses.

C'est dans la solitude de Port-Royal qu'Arnauld d'Andilly a pu parfaire ses traductions les plus célèbres. Aussitôt après avoir édité les Lettres chrétiennes et spirituelles de Saint-Cyran (1645-1647), il traduit les Confessions de saint Augustin (1649) et les Vies des saints Pères des déserts (1647-1657). Il publiera encore, entre autres, des traductions remarquables de l'historien juif Flavius Josèphe (1667-1668) et des Œuvres de sainte Thérèse d'Avila (1670).

Le talent de l'écrivain avait fait souhaiter à l'Académie française de l'accueillir parmi ses membres. Mais il déclina les invitations qui lui en furent adressées, dès 1634 (à la création), puis en 1649, en plein succès des Confessions.

Âgé de quatre-vingt-cinq ans, le Patriarche de la vallée de Chevreuse s'éteignit le 27 septembre 1674, alors que son ami le libraire Pierre Le Petit préparait une superbe édition de ses Œuvres en huit volumes in-folio.

## « UN CHEF-D'ŒUVRE DE LA PURETÉ DE NOTRE LANGUE »

*La plus célèbre des traductions des* Confessions *en langue française fut éditée à Paris en 1649 par la veuve de Jean Camusat et par Pierre Le Petit, en un volume in-8°. D'emblée, le public comprit qu'il s'agissait d'une date dans la rapide ascension du français comme langue de culture européenne. Les « Approbateurs » du volume y voient « un chef-d'œuvre de la clarté, de la douceur et de la pureté de notre langue ». À la fin du* XVII*e siècle, le grand biographe de Descartes, Adrien Baillet, cité dans l'*Histoire littéraire de Port-Royal *(inédite) du bénédictin Charles Clémencet (1703-1778), atteste que « cette traduction a toujours été très estimée ; et que, s'il en fallait juger par le débit et par la multitude des éditions, il y aurait très peu de livres qui pussent lui disputer le rang de préférence, après ceux de l'Écriture Sainte et ceux de prières et d'usages journaliers ».*

*L'établissement du texte latin venait d'accomplir des progrès décisifs. Celui de l'édition des* Œuvres complètes, *parues à Louvain en 1577, avait été déjà amélioré — pour les* Confessions *— par deux savants : Henri Sommalius en 1607, puis Thomas Blasius en 1634. Le très exigeant Antoine Arnauld, lui-même traducteur d'opuscules de saint Augustin en 1644 et en 1647, souhaitait voir publier un texte établi avec plus de rigueur encore et sur un plus grand nombre de manuscrits. C'est sous son influence que naîtra le projet de la monumentale édition des bénédictins de Saint-Maur. Lui-même améliora le texte latin des* Confessions *en tenant compte de douze nouveaux manuscrits. Son frère, Arnauld d'Andilly, affina donc sa traduction de 1649 en fonction de cet apport, dès la quatrième édition (1651).*

*Selon une pratique courante à Port-Royal, son travail fut revu et perfectionné par Antoine Arnauld et par deux autres écrivains du groupe : Antoine Lemaître et Lemaître de Sacy. Andilly donna, dans l'édition de 1651, à la fois le latin et le* français, pour qu'on pût vérifier la fidélité de sa traduction. Il s'écartait de ces versions paraphrasées sans scrupules qu'un érudit du temps a qualifiées moqueusement de « Belles infidèles ». Mais, en artiste, il condamnait aussi un littéralisme qui aboutissait fréquemment à précipiter des œuvres splendides dans une morne platitude, en inventant ce dialecte torturé que, souvent, parlent seuls les traducteurs. Il rejetait « cette basse servitude qui, en s'attachant trop aux mots, fait des copies difformes et monstrueuses des plus beaux originaux, en pensant les leur rendre plus semblables » (« Avis au lecteur »). En face d'une conception vétilleuse de la traduction, obnubilée par le mot pour mot et par les idées, un Arnauld d'Andilly illustre une ambition artistique : sans négliger la fidélité au sens, il se proposait, comme un Jacques Amyot l'avait réussi au siècle précédent, de produire en français une œuvre aussi éclatante que l'original. Il s'agissait de « rendre en quelque sorte beauté pour beauté et figure pour figure », et non pas d'exprimer son modèle « comme un homme mort est semblable à un homme vivant », selon les termes de son neveu, Lemaître de Sacy. La vraie traduction est une résurrection. Un poème en prose comme les Confessions n'est pas traduit s'il ne devient, dans la langue française, puissance inspirée, souffle, magie rythmique, musique.

Les écrivains du XVIIe siècle vivaient à l'intérieur de la langue latine tout autant que de la langue française. On a parlé de bilinguisme, de « diglossie ». Un Pascal et un Descartes hésitent entre les deux, dans la rédaction de certains de leurs ouvrages. Chacun percevait avec netteté la différence de génie des deux idiomes. Aussi pensait-on que la densité synthétique du latin, la souplesse de sa syntaxe ne pouvaient être rendues sans un travail de déploiement du sens. Au milieu du XIXe siècle encore un écrivain comme Sainte-Beuve, dans son Port-Royal, admirait chez Arnaud d'Andilly cet art du déploiement juste, « une manière facile, abondante, naturelle, et en même temps quelque peu magnifique, un style grand et étendu, à l'espagnole... agréable dans son *ampleur ». Et il louait « le mérite inappréciable » de ce type de traduction qui ambitionne « de se faire lire de tous avec l'aisance et l'agrément d'un original, ce qui disparaît si complètement dans la méthode tendue et opiniâtre de nos jours ».*

*Un tel jugement correspondait, malgré un intervalle de deux siècles, à l'éloge qu'avaient décerné en 1649 les « Approbateurs » : « Pour dire en un mot ce qui se peut dire de grand et de vrai d'une excellente traduction, on peut s'assurer d'avoir maintenant les* Confessions *de saint Augustin telles que ce Docteur incomparable les eût lui-mêmes données s'il eût écrit en notre langue et en notre temps. »*

*Personnalité ardente, vouant un véritable culte à l'amitié, vulnérable au charme féminin, cherchant à avoir toujours Dieu présent jusqu'au milieu des affaires, Arnauld d'Andilly se trouvait accordé à la sensibilité vibrante de l'auteur des* Confessions. *Cette affinité profonde, jointe à la maîtrise de l'écrivain, explique que la traduction de Port-Royal ait connu jusqu'à nos jours un nombre d'éditions exceptionnel.*

Philippe Sellier

# CONFESSIONS
# LIVRE X
## Temps présent, mémoire et désir

# LIVRE X
# TEMPS PRÉSENT, MÉMOIRE ET DÉSIR

## CHAPITRE PREMIER

*N'avoir de joie ni d'espérance qu'en Dieu.*

Que je vous connaisse, ô mon Dieu, que je vous connaisse ainsi que je suis connu de vous. Entrez dans mon âme, unique force de mon âme, et rendez-la si pure par votre souveraine pureté qu'elle soit toute remplie et toute possédée de vous, et qu'elle n'ait plus ni tache ni ride. C'est là le but de mes espérances : c'est là le mouvement qui anime mes paroles : c'est là le sujet de toutes mes joies, de toutes mes véritables et mes légitimes joies. Car pour toutes les autres choses de la vie, les unes méritent d'autant moins d'être pleurées qu'on les pleure davantage, et les autres sont d'autant plus déplorables qu'on les pleure moins. Mais puisque j'apprends de votre parole sainte que vous aimez la vérité, et que celui qui marche selon ses règles, se présente librement à la lumière [1], je viens reconnaître la vérité, non seulement devant vous par une confession secrète que je vous fais dans mon cœur où vous lisez mes pensées, mais encore devant les hommes par une confession publique que je fais dans cet écrit, en présence de ceux qui le liront.

## CHAPITRE II

*Ce que c'est que se confesser à Dieu.*

Et comment, Seigneur, vous pourrais-je cacher quelque chose quand je ne voudrais pas vous la confesser, puisque vos yeux percent jusque dans le fond de l'abîme des consciences, et y voient tout à nu et à découvert ? Certes je ne me cacherais qu'à moi-même, et non pas à vous. Mais encore que ma confession vous soit superflue, elle vous est agréable ; et parce que je vous témoigne, par les gémissements de mon cœur combien je me déplais à moi-même, vous reluisez dans mon âme, vous faites qu'elle vous trouve aimable, qu'elle vous aime, qu'elle vous désire, afin que je rougisse de moi-même, que je renonce à moi-même, et que je me donne tout à vous ; et qu'ainsi que rien ne peut vous plaire dans moi que ce qui m'est venu de vous et non pas de moi, rien ne me plaise aussi dans moi-même que ce qui ne sera pas de moi, mais de vous.

Ainsi, Seigneur, en quelque état que je sois, je suis parfaitement connu de votre divine majesté, et c'est avec fruit néanmoins que je me confesse à elle. Ce que je ne fais pas par des paroles sensibles que ma langue forme au-dehors, ni par la voix qui sort de ma bouche, mais par ces paroles secrètes et spirituelles que l'âme forme au-dedans de soi, et par ces cris qui sortent du fond du cœur, dont vos oreilles divines entendent parfaitement le langage. Car lorsque je fais le mal, c'est me confesser à vous que de me déplaire en moi-même ; et lorsque je fais le bien, c'est me confesser à vous que de n'attribuer pas ce bien à moi-même. Aussi, mon Dieu, nous apprenons des oracles de vos Écritures que vous répandez vos bénédictions sur le juste [1] ; mais que c'est après que vous avez répandu votre grâce en lui pour le rendre juste, de pécheur qu'il était auparavant.

Lors donc, Seigneur, que je me présente devant vos yeux pour vous confesser mes misères et vos miséricordes, je le fais en silence, et je ne le fais pas en silence. Je le fais en silence, parce que ma langue demeure muette, et je ne le fais pas en silence, parce que mon cœur vous parle, et que mon affection est éloquente. Car je ne dis rien de bon aux hommes que vous n'ayez ouï auparavant dans le secret de mon cœur où je parle à vous, et vous n'entendez rien de moi dans le secret de mon cœur, que vous-même ne m'ayez dit auparavant par votre Saint-Esprit qui m'instruit et qui me parle.

## CHAPITRE III

*Du dessein qui le portait à découvrir dans cette dernière partie de ses confessions, non plus ce qu'il avait été avant sa conversion et son baptême, mais ce que la grâce de Dieu l'avait fait être depuis.*

Mais puis-je tirer quelque avantage de faire entendre mes confessions aux hommes, comme si c'étaient les hommes qui pussent guérir toutes mes langueurs ? Ne voyons-nous pas qu'ils sont d'ordinaire aussi curieux de savoir la vie d'autrui, que négligents de corriger la leur propre ? Pourquoi donc désirent-ils tant d'apprendre de moi quel je suis, eux qui se mettent si peu en peine d'apprendre de vous quels ils sont ? Et d'où savent-ils que je leur dis la vérité lorsqu'ils m'entendent ainsi parler de moi-même, puisqu'il n'y a point d'homme au monde qui connaisse ce qui se passe dans l'homme, que l'esprit de l'homme qui est en lui ? Mais s'ils vous entendent lorsque vous leur parlerez d'eux-mêmes, ils ne pourront pas prétendre que vous n'êtes pas véritable dans vos paroles. Car qu'est-ce que vous écouter lorsque vous nous parlez de nous-mêmes, sinon connaître véritablement quels nous sommes ? Or qui est l'homme qui connaissant clairement la vérité d'une chose osera la désavouer comme un mensonge, si ce n'est que lui-même veuille mentir contre sa propre connaissance ?

Mais parce que la charité fait toute croire à ceux qu'elle unit si étroitement ensemble qu'ils ne sont plus qu'un cœur et qu'une âme, je me confesse à vous de telle sorte, ô mon Dieu, que les hommes me puissent entendre. Et quoiqu'il me soit impossible de leur faire connaître avec certitude que mes confessions sont véritables, il me suffit qu'elles soient crues par ceux que la charité rend persuadés de la vérité de mes discours. Cependant, Seigneur, vous qui êtes le médecin intérieur de mon âme, faites-moi connaître, je vous prie, quelle peut être l'utilité de ces Confessions que je m'en vais faire en ces derniers livres. Car pour ce qui regarde celles que j'ai faites auparavant des crimes que vous m'avez remis, et que vous avez couverts par votre bonté, afin de me rendre heureux en me faisant participer à votre esprit, et en changeant mon âme par la foi et par le baptême, le fruit qu'on en peut tirer est, qu'elles servent à toucher le cœur de ceux qui les lisent et les entendent, à les empêcher de tomber dans le sommeil et l'assoupissement du désespoir, qui leur persuaderait qu'ils ne peuvent sortir de leurs habitudes corrompues, et à les réveiller en les faisant entrer dans l'amour de votre miséricorde, et ressentir la douceur de votre grâce qui donne de la force aux plus faibles en leur faisant reconnaître leur faiblesse. Les justes mêmes apprennent avec plaisir les péchés passés des personnes qui ne les commettent plus, non que les péchés leur puissent plaire, mais parce qu'ils se réjouissent de voir que ceux qui avaient été autrefois pécheurs cessent de l'être.

Quel fruit donc, Seigneur mon Dieu, puis-je recueillir de ce qu'outre la confession que ma conscience vous fait tous les jours, s'appuyant davantage sur votre miséricorde que sur sa propre innocence, je veux encore confesser aux hommes par cet écrit, non ce que j'étais autrefois, mais ce que je suis aujourd'hui ? Car quant à l'histoire de ma première vie que j'ai rapportée dans les livres précédents, je ne puis ignorer le fruit que les autres et moi en peuvent tirer, et je l'ai remarqué ci-dessus. Mais plusieurs tant de ceux qui me connaissent, que de ceux qui ne me connaissent pas, et ont seulement ouï parler de moi, ou aux autres ou à moi-même, désirent de savoir quel je suis au temps où j'écris ces Confessions [1]. Et parce que leurs oreilles ne peuvent sans que je leur parle entendre la voix de mon cœur, où je suis tel qu'il vous a plu de me rendre par votre grâce, ils veulent savoir par ma propre bouche ce que je suis dans le fond de l'âme, où leurs yeux, ni leurs oreilles, ni leurs esprits ne sont capables de pénétrer. Et sans être assurés si ce que je dirai est véritable, ils sont disposés à le croire, parce que la charité qui les rend bons, leur persuade que je ne mens pas, lorsque je leur parle de moi-même ; et c'est elle qui étant en eux ajoute foi à ce que je dis.

## CHAPITRE IV

*Suite des avantages de cette sorte de confession, par laquelle il rend compte de tout ce qui pouvait être en lui de bon et de mauvais.*

Mais pourquoi désirent-ils ce récit de moi ? Est-ce qu'ils veulent se réjouir avec moi, lorsqu'ils apprendront combien je m'approche de vous par le don de votre grâce, et prier pour moi lorsqu'ils sauront combien je me trouve retardé dans ce chemin par le poids de ma misère ? Je veux bien découvrir l'état de mon âme à ceux qui sont dans ces sentiments. Car ce ne m'est pas peu d'avantage, mon Dieu, que plusieurs vous rendent grâces du bien qu'il vous a plu me faire, et que plusieurs vous offrent leurs prières, afin qu'il vous plaise m'en faire encore. Que la charité fraternelle aime donc en moi ce qu'elle y doit aimer selon votre ordre et selon vos règles, et qu'elle plaigne en moi ce qu'elle y doit plaindre selon votre même ordre et vos mêmes règles. Mais que ce soit l'esprit d'un frère qui agisse de la sorte à mon égard, et non pas l'esprit d'un étranger, ni celui des enfants du siècle dont la bouche est remplie de mensonge, et dont les mains sont souillées de crimes. Que ce soit, dis-je, l'esprit d'un frère qui, approuvant le bien que je fais, s'en réjouît pour l'amour de moi, et improuvant le mal que je fais, s'en afflige pour l'amour de moi, parce qu'en l'un et en l'autre, soit qu'il approuve ou qu'il improuve mes actions, il m'aime toujours.

C'est à ceux-là que je veux bien me faire connaître, afin qu'ils se réjouissent de mes biens et qu'ils gémissent de mes maux. Mes biens sont vos ouvrages et vos dons, soit dans la nature, soit dans la grâce ; mes maux sont mes propres péchés, et les effets de vos jugements sur moi. Qu'ils se consolent dans la vue des uns ; qu'ils soupirent dans la vue des autres ; et que leurs cœurs étant comme de sacrés et de vivants encensoirs fassent monter jusqu'à votre trône les célestes parfums des cantiques de leurs actions de grâces, et des gémissements de leur charité.

Et vous, Seigneur, recevez s'il vous plaît agréablement cette odeur sainte de votre saint temple. Ayez compassion de moi selon la grandeur de votre miséricorde, et pour la gloire de votre nom. Achevez l'ouvrage que vous avez commencé en moi, et consumez et détruisez ce qu'il y a encore d'imparfait en moi. Ainsi le fruit que je tire en me confessant de cette sorte et en marquant, non quel j'ai été, mais quel je suis, est que je ressens une secrète joie mêlée de crainte, et une secrète douleur mêlée d'espérance, en parlant de moi devant vous, et devant tous ceux des enfants des hommes qui croient en vous, qui prennent part à ma joie, qui sont sujets comme moi à la nécessité de la mort, qui sont citoyens du ciel et étrangers dans la terre comme je le suis, qui me précèdent, qui m'accompagnent, et qui me suivent dans le voyage de cette vie.

Ils sont tous mes frères et vos serviteurs : mais vous avez voulu qu'ils fussent vos enfants et mes maîtres ; et vous m'avez obligé de leur rendre toute sorte de services si je veux vivre avec vous de votre esprit et de vous-même. Et votre Fils qui est votre Verbe ne s'est pas contenté de me servir de maître par ses paroles, il a voulu encore me servir de guide par son exemple. C'est ce que je tâche d'imiter dans ma charge par mes discours et mes actions. C'est ce que je fais sous l'ombre favorable de vos ailes, quoique avec un extrême péril, mais qui me serait encore plus redoutable si je ne me consolais en ce qu'étant couvert de vos ailes, mon âme vous demeure assujettie, et ma faiblesse vous est connue.

Il est vrai que je ne suis encore qu'un enfant, mais j'ai un père qui vit toujours : j'ai un tuteur qui est capable de me protéger et de me défendre. Car celui dont j'ai reçu la vie, est le même dont je reçois toute sorte de protection. Et qui est celui-là, mon Dieu, sinon vous qui êtes seul tout mon bien, qui êtes seul tout-puissant, et qui étiez avec moi lors même que je n'étais pas encore avec vous ? Je découvrirai donc l'état présent de mon âme à ceux que vous me commandez de servir, sans que je veuille néanmoins me juger moi-même, et me voyant dans cette disposition, ils me croiront.

## CHAPITRE V

*Que l'homme ne se connaît pas entièrement soi-même.*

Il n'y a que vous, Seigneur, qui me connaissiez parfaitement. Car encore qu'il n'y ait que l'esprit de l'homme qui sache ce qui se passe dans lui, et que ce secret soit impénétrable à tout le reste des hommes, il y a néanmoins quelque chose dans l'homme que son esprit même ne connaît pas. Mais vous, Seigneur, pénétrez dans les replis les plus cachés de son âme, parce que vous le connaissez comme l'ouvrier connaît son ouvrage. Et bien que me considérant en votre présence, j'entre dans le mépris de moi-même, et me regarde comme n'étant que terre et que cendre, je sais néanmoins quelque chose de vous que je ne sais pas de moi-même. Car encore que je ne puisse maintenant vous voir face à face, mais seulement comme dans un miroir et sous des voiles, et pendant que je suis éloigné de vous, vous ne me soyez pas si présent que je le suis à moi-même ; néanmoins je ne laisse pas de savoir que rien n'est capable de vous nuire : mais je ne sais pas à quelles tentations je suis, ou ne suis pas capable de résister.

Toute mon espérance consiste en ce qu'étant fidèle en vos promesses, vous ne souffrez pas que nous soyons tentés au-delà de ce que nos forces peuvent porter, mais vous nous en faites sortir par votre grâce, en nous donnant par elle moyen de les soutenir. Je confesserai donc ce que je connais et ce que j'ignore de moi-même, puisque je ne connais ce que j'en connais que par la lumière que vous m'en donnez ; et j'ignorerai toujours ce que j'en ignore jusqu'à ce que les ténèbres qui sont dans mon âme soient changées en un midi sans nuages par l'éclat de votre gloire.

## CHAPITRE VI

*Qu'il n'était point en doute qu'il n'aimât Dieu, et qu'on apprend à le connaître en considérant toutes les choses créées.*

Seigneur je vous aime : et ce n'est point avec doute, mais avec certitude que je sais que je vous aime. Vous avez frappé mon cœur par votre parole ; et aussitôt je vous ai aimé. Le ciel et la terre et tout ce qu'ils contiennent, me disent aussi de toutes parts, que je suis obligé de vous aimer ; et ils ne cessent point de le dire à tous les hommes, afin qu'ils soient inexcusables, s'ils y manquent. Mais il faut que vous fassiez beaucoup davantage pour avoir pitié de celui dont il vous plaît d'avoir pitié, et pour faire miséricorde à celui auquel il vous plaît de faire miséricorde. Car autrement le ciel et la terre parlent en vain et publient inutilement vos louanges, puisqu'ils ne parlent qu'à des sourds.

Or qu'est-ce que j'aime lorsque je vous aime ? Ce n'est ni tout ce que les lieux enferment de beau, ni tout ce que les temps nous présentent d'agréable. Ce n'est ni cet éclat de la lumière qui donne tant de plaisir à nos yeux, ni la douce harmonie de la musique, ni l'odeur des fleurs et des parfums, ni la manne, ni le miel, ni tout ce qui peut plaire dans les voluptés de la chair.

Ce n'est rien de tout cela que j'aime, quand j'aime mon Dieu, et j'aime néanmoins une lumière, une harmonie, une odeur, une viande délicieuse, et une volupté quand j'aime mon Dieu. Mais cette lumière, cette harmonie, cette odeur, cette viande, et cette volupté ne se trouvent que dans le fond de mon cœur, dans cette partie de moi-même qui est toute intérieure et toute invisible, où mon âme voit briller au-dessus d'elle une lumière que le lieu ne renferme point, où elle entend une harmonie que le temps ne mesure point, où elle sent une odeur que le vent ne dissipe point, où elle goûte une viande qui en nourrissant ne diminue point, et enfin où elle s'unit à un objet infiniment aimable dont la jouissance ne dégoûte point.

Voilà ce que j'aime quand j'aime mon Dieu. Et qu'est-ce que cela ? Je l'ai demandé à la terre, et elle m'a répondu : « Ce n'est pas moi » ; et tout ce qu'elle contient m'a fait aussi la même réponse. Je l'ai demandé à la mer, aux abîmes, aux poissons et à tous les animaux qui se promènent dans l'eau, et ils m'ont répondu : « Nous ne sommes pas votre Dieu : cherchez-le au-dessus de nous. » Je l'ai demandé à l'air que nous respirons, et il m'a répondu aussi bien que tous ses oiseaux : « Anaximène[1] s'est trompé, car nous ne sommes pas Dieu. » Je l'ai demandé au ciel, au soleil, à la lune et aux étoiles ; et ils m'ont répondu : « Nous ne sommes pas non plus cette divinité que vous cherchez. » Je me suis adressé ensuite à tous les objets qui environnent mes sens, et leur ai dit : « Puisque vous n'êtes pas mon Dieu, apprenez-moi au moins, je vous prie, quelque chose de lui », et ils s'écrièrent tous d'une voix : « C'est lui qui nous a créés. »

Le mouvement de mon cœur dans cette recherche, a été la voix par laquelle je leur ai fait cette demande : et leur beauté a été comme la langue muette par laquelle ils m'ont fait cette réponse. Je suis revenu enfin en moi-même, et me suis dit : « Qui es-tu ? » Et j'ai répondu à moi-même : « Je suis homme, car je suis composé de corps et d'âme, dont l'un est extérieur et visible, et l'autre intérieure et invisible. » Auquel des deux devais-je plutôt m'adresser pour chercher mon Dieu que j'avais déjà cherché par tous les êtres corporels depuis la terre jusqu'au ciel, et aussi loin que j'avais pu envoyer les rayons de mes yeux, ainsi que des messagers pour en apprendre des nouvelles ?

Mais l'âme cette partie intérieure était sans doute la plus propre pour s'en informer. Car tous ces messagers extérieurs s'adressaient à elle, qui était comme dans son tribunal et dans son siège, pour juger de toutes ces réponses que le ciel, la terre et tout ce qu'ils contiennent m'avaient faites, en me disant : « Nous ne sommes pas votre Dieu, et c'est lui qui nous a faits. » L'homme intérieur connaît ces choses par l'homme extérieur : et c'est ainsi que moi qui suis cet homme intérieur, et un esprit élevé au-dessus du corps, les ai connues par les sens de ce corps qui m'environne.

J'ai interrogé ensuite tout l'univers sur le sujet de mon Dieu ; et il m'a répondu : « Je ne le suis pas, et c'est lui qui m'a créé. » Mais cette même machine du monde ne paraît-elle pas à tous ceux qui ont des yeux ? D'où vient donc qu'elle ne tient pas à tous le même langage ? Car il est sans doute que les animaux grands et petits la peuvent voir ; mais ils ne sauraient l'interroger d'autant qu'ils n'ont point de raison en eux qui soit établie par-dessus leurs sens, et à qui ils puissent rapporter ce qu'ils aperçoivent ; au lieu que les hommes sont capables de faire ces questions, afin de comprendre les invisibles beautés de Dieu par les choses visibles qu'il a créées. Mais comme ils s'attachent à ces créatures, l'amour qu'ils ont pour elles les soumet à elles, et fait que leur étant ainsi soumis, ils ne peuvent plus en juger.

Or elles ne répondent en la manière que je viens de dire sur les demandes qui leur sont faites, qu'à ceux qui sont en état de juger de leurs réponses. Car quoiqu'elles ne changent point de langage, parce que leur langage n'est autre chose que leur nature, et qu'elles ne paraissent point d'une manière différente à celui qui ne fait que les voir, et à celui qui en les voyant les interroge ; néanmoins en leur paraissant à tous deux d'une même sorte, elles sont muettes pour l'un et elles parlent à l'autre ; ou pour mieux dire, elles leur parlent à tous, mais elles ne sont entendues que de ceux qui consultent la vérité au-dedans d'eux-mêmes, sur ce qu'ils apprennent d'elles au-dehors par l'entremise de leurs sens ; car la vérité me dit : « Le ciel, ni la terre, ni aucun de tous les corps qui sont dans le monde n'est ton Dieu, et leur nature le fait voir à tous ceux qui la considèrent, puisqu'il n'y a point de corps qui ne soit moindre en l'une de ses parties qu'en son tout. C'est pourquoi, ô mon âme (car c'est à toi que je parle) tu ne peux douter que tu ne sois beaucoup plus excellente que le corps, puisque c'est toi qui le soutiens et qui l'animes : ce que nul corps ne peut faire à l'égard d'un corps. Or ton Dieu est la vie même de ta vie. »

## CHAPITRE VII

*Dieu ne peut être connu par les sens.*

Qu'est-ce donc que j'aime quand j'aime mon Dieu ? Et qui est celui qui est si fort élevé au-dessus de la plus haute partie de mon âme ? Je veux par elle m'élever jusqu'à lui ; je veux passer au-delà de cette puissance par laquelle je suis uni à mon corps, et qui anime toutes ses parties. Car je ne saurais connaître mon Dieu par elle, puisque si elle était capable de cette haute connaissance, les chevaux et les mulets qui sont sans raison, pourraient connaître Dieu comme moi, ayant comme moi cette puissance qui donne aussi la vie à leurs corps.

Il y a aussi une autre puissance par laquelle je communique non seulement la vie, mais le sentiment à ce corps que Dieu m'a donné, et par laquelle je commande à mon œil, et non pas d'entendre mais de voir ; et à mon oreille, non pas de voir, mais d'entendre ; et ainsi à chacun de mes autres sens en particulier, ce qui est propre à sa fonction et à son office : car dans cette diversité d'actions que produit chacun d'eux, c'est mon esprit seul qui agit par eux. Je ne m'arrêterai point non plus à cette puissance que les chevaux, et les mulets ont comme moi, puisqu'ils ont l'usage des sens du corps.

## CHAPITRE VIII

*De la force et de l'étendue de la mémoire*[1].

Je passerai donc au-delà de ces puissances naturelles qui sont en moi pour m'élever comme par degrés vers celui qui m'a créé, et je viendrai à ces larges campagnes, et à ces vastes palais de ma mémoire où sont renfermés les trésors de ce nombre infini d'images qui y sont entrées par les portes de mes sens. C'est là que nous conservons aussi toutes nos pensées en y ajoutant ou diminuant, ou changeant quelque chose de ce que nous avons connu par les sens, et généralement tout ce qui y a été mis comme en dépôt et en réserve, et que l'oubli n'a point encore effacé et enseveli.

C'est là où je demande que l'on me tire de ce trésor ce que je désire; et soudain quelques-unes de ces espèces en sortent et se présentent à moi : d'autres se font chercher plus longtemps et diffèrent davantage à venir; comme si on les tirait avec peine du fond de quelques replis cachés : d'autres sortent en foule; et bien que ce ne soit pas elles que je cherche ni que je demande, elles se produisent elles-mêmes et semblent dire : « N'est-ce point nous que vous cherchez ? » Mais je les repousse comme de la main de mon esprit et les éloigne de ma mémoire, jusqu'à ce que la chose que je désire se découvre et sorte du lieu où elle était cachée pour se présenter à moi. Il y en a d'autres qui sans interrompre leur suite viennent avec facilité dans le même ordre que je les demande; et les premières faisant place aux autres se retirent pour revenir toutes les fois que je le voudrai : ce qui arrive lorsque je récite par cœur quelque chose.

Dans ce même trésor de ma mémoire, je conserve distinctement et sans aucune confusion toutes les espèces qui selon leurs divers genres y sont entrées, chacune par la porte qui leur est propre, comme la lumière, toutes les couleurs et toutes les figures des corps par les yeux ; tous les sons par les oreilles ; toutes les odeurs par le nez ; toutes les saveurs par la bouche ; et, par l'attouchement répandu dans tout le corps tout ce qui est dur ou mol, chaud ou froid, doux ou rude, pesant ou léger, soit qu'il entre dans nous, ou bien que nous le touchions. Ce grand magasin de la mémoire reçoit toutes ces espèces pour nous les représenter quand nous en avons besoin : chacune d'elles y entre par la porte qui lui est particulière ; et elle les conserve dans ses divers plis et replis, qui sont si secrets et si cachés que nulles paroles ne sont capables de l'exprimer. Ce ne sont pas néanmoins les choses mêmes qui y entrent, mais seulement leurs images qui sont toujours prêtes à se représenter à notre esprit quand il veut s'en souvenir.

Qui serait celui qui pourrait dire de quelle sorte toutes ces images et toutes ces espèces ont été formées, encore que l'on remarque assez par quel sens elles ont été apportées et données en garde à la mémoire ? Car lorsque je suis dans l'obscurité et dans le silence, je retire si je veux des couleurs de ma mémoire, et distingue le noir d'avec le blanc, et ainsi toutes les autres couleurs qu'il me plaît, sans que les sons se jettent à la traverse, ni me viennent troubler lorsque je considère ce que j'ai appris par la vue : et néanmoins ces sons sont aussi dans ma mémoire, et comme cachés dans d'autres replis, puisque si je veux qu'ils se présentent à moi, ils le font aussitôt. Et d'autre part, encore que je ne remue pas la langue, et que je ne fasse aucune action de la gorge, je chante autant qu'il me plaît, sans que ces images des couleurs qui sont aussi dans ma mémoire, viennent non plus se jeter à la traverse, ni m'interrompre lorsque j'en tire cet autre trésor qui y était entré par les oreilles. Et je me souviens en la même sorte quand il me plaît de toutes les autres choses qui m'ont été apportées par les autres sens et placées dans ma mémoire : car sans que je fasse aucun usage de l'odorat, je discerne la senteur des lis d'avec celle des violettes, et sans que je goûte ni que je touche rien, je préfère par mon souvenir le miel au vin cuit ; et ce qui est poli à ce qui est rude. Tout ceci se passe en moi-même dans ce grand palais de ma mémoire.

C'est là que le ciel, la terre, la mer, et tout ce que j'ai pu y remarquer s'offrent à moi aussitôt que je veux, hormis les choses que j'ai oubliées. C'est là que je me rencontre moi-même, et que je me représente le temps, le lieu, les autres circonstances de ce que j'ai fait, et les dispositions dans lesquelles j'étais lorsque je faisais ces actions. C'est là que je conserve les images des choses que j'ai connues par expérience, et que j'ai crues sans les avoir éprouvées par le rapport qu'elles avaient avec celles que j'ai éprouvées, et qu'en conférant toutes ces expériences passées les unes avec les autres, je forme des jugements de ce qui peut arriver et de l'espérance qu'on en doit avoir : et comme si toutes ces choses m'étaient présentes, je dis en moi-même dans ce vaste espace de mon esprit rempli de tant d'images diverses : « Je ferai ceci ou cela : il en arrivera ceci ou cela : oh ! si ceci ou cela pouvait arriver ! Dieu ne permette pas s'il lui plaît que ceci ou cela arrive ! » Et lorsque je parle de la sorte, les images de toutes les choses dont je parle, s'offrent à moi dans ce riche trésor de ma mémoire, et je n'en pourrais du tout rien dire si elles n'étaient présentes.

Que cette puissance de ma mémoire est grande, mon

Dieu ! qu'elle est grande ! ses plis et replis s'étendent à l'infini : et qui est capable de les pénétrer jusqu'au fond ? Néanmoins c'est une faculté de mon âme et qui appartient à ma nature. Je ne puis donc pas connaître ce que je suis ; et ainsi il paraît que notre esprit n'a pas assez d'étendue pour se comprendre soi-même ; et cependant où peut être cette partie de lui-même qu'il ne comprend pas ? N'est-elle pas en lui et non hors de lui ? Pourquoi donc ne saurait-il la comprendre ?

J'avoue que tout ceci me remplit d'admiration et d'étonnement. Les hommes admirent la hauteur des montagnes, l'agitation des flots de la mer, la vaste étendue de l'Océan, le cours des fleuves, et le mouvement des astres : et ils ne pensent point à eux-mêmes, et n'admirent pas ce qui est si admirable, que lorsque j'ai parlé de toutes ces choses, je ne les voyais pas de mes yeux, et que néanmoins je n'en aurais pas parlé si je ne voyais au-dedans de moi dans ma mémoire, et dans une aussi grande étendue que si je les voyais au-dehors et réellement, les montagnes, les flots, les fleuves et les astres que j'ai vus, et l'Océan que je ne connais que par le rapport d'autrui. Et cependant lorsque je les ai vus, je ne les ai point comme enlevés avec les yeux pour les faire entrer dans moi : et ils n'y sont point en effet, mais seulement leurs espèces et leurs images, et je sais par lequel de mes sens toutes ces impressions se sont faites dans mon esprit.

## CHAPITRE IX

*De la mémoire que nous avons des sciences.*

Mais cette vaste étendue de ma mémoire ne conserve pas seulement les espèces de toutes les choses dont je viens de parler : mais elle contient aussi tout ce que j'ai appris des sciences, et que je n'ai point encore oublié ;

et elle le garde comme dans des lieux secrets et particuliers bien différents des lieux ordinaires où les corps sont renfermés ; et elle ne conserve pas seulement les images de ces connaissances, mais les connaissances mêmes. Car tout ce que je sais de ces sciences, comme ce que c'est que la Grammaire, ce que c'est que la Logique, et combien il y a d'espèces de questions, est de telle sorte dans ma mémoire, qu'elle n'a pas laissé ces choses au-dehors pour n'en recevoir que les images, et qu'elles ne se sont pas évanouies après s'être fait entendre ainsi que la voix, qui après avoir frappé nos oreilles, laisse comme une trace et une marque de soi, par laquelle lors même qu'elle ne résonne plus, on s'en ressouvient comme si elle résonnait encore ; ou comme l'odeur qui en passant et en se dissipant en l'air, fait une telle impression dans l'odorat, qu'il en porte dans la mémoire une image que nous y retrouvons toutes les fois que nous en rappelons le souvenir ; ou comme la viande qui encore qu'elle n'ait plus de saveur lorsqu'elle est dans notre estomac, semble en conserver encore dans notre mémoire ; ou comme ce que nous touchons, qui bien qu'ensuite éloigné de nous, ne laisse pas de se représenter à notre mémoire. Car toutes ces choses n'entrent pas dans elle, mais elle en reçoit seulement les images avec une incroyable promptitude, et les place comme dans des cellules avec un ordre admirable, d'où par une manière qui n'est pas moins merveilleuse, nous les retirons en nous en ressouvenant.

## CHAPITRE X

*Que les sciences sont dans la mémoire sans y être entrées par les sens.*

Lorsque j'entends dire que l'on peut faire sur chaque chose trois sortes de questions, savoir : si elle est, ce qu'elle est, et quelle elle est, je retiens bien dans ma mémoire les images des sons qui ont formé ces paroles ; et je sais qu'après avoir passé dans l'air avec bruit, ils se sont évanouis. Mais je n'ai connu par aucun de mes sens les choses que ces sons signifient, ni ne les ai jamais vues ailleurs que dans mon esprit ; et ce ne sont point leurs images, mais elles-mêmes que j'ai reçues et enfermées dans ma mémoire afin de les y conserver. Qu'elles disent si elles le peuvent, de quelle sorte elles y sont venues ; car bien que je fasse une revue de toutes les portes de mon corps, je n'en saurais trouver une seule par où elles soient entrées.

Mes yeux me disent : « Si elles sont colorées, nous vous en avons fait le rapport. » Mes oreilles me disent : « Si elles ont rendu quelque son, c'est nous qui vous les avons fait connaître. » Mon nez me dit : « Si elles ont eu de l'odeur, je leur ai servi de passage. » Mon palais me dit : « Si elles n'ont point de saveur, ne m'en demandez point de nouvelles. » Et mes mains me disent : « Si elles ne sont point corporelles, nous ne les avons pas touchées ; et ainsi nous n'avons eu garde de vous en donner avis. » D'où donc, et par où sont-elles entrées dans ma mémoire ? Certes je ne sais. Car lorsque je les ai apprises, je ne m'en suis pas rapporté à l'esprit d'un autre, mais je les ai remarquées dans le mien propre, et j'ai connu qu'elles étaient vraies, et je les lui ai données comme en dépôt pour me les garder, et me les rendre toutes les fois que je le voudrais. Elles étaient donc en moi auparavant même que de les avoir apprises ; mais ce n'était peut-être pas dans ma mémoire qu'elles étaient. Comment donc, et pourquoi les ai-je reconnues lorsque l'on me les a dites, et ai-je répondu : « Cela est ainsi : ce que vous dites est véritable » ; sinon parce qu'elles étaient déjà dans ma mémoire, mais si reculées et si à l'écart, ainsi que dans des antres profonds, que si quelqu'un ne m'eût fait aviser de les en tirer, je n'y aurais possible[1] jamais pensé.

## CHAPITRE XI

*Que les sciences s'acquièrent en rassemblant les notions qui étaient comme dispersées dans notre esprit.*

Ainsi, apprendre les sciences dont nous n'avons pas reçu les images par les sens, mais que nous considérons dans notre esprit sans aucunes images comme elles sont en elles-mêmes, n'est autre chose que rassembler par notre pensée les choses qui étaient éparses deçà et delà sans aucun ordre dans notre mémoire, et faire en sorte en les bien considérant, qu'au lieu qu'elles y étaient cachées et comme égarées et négligées, elles soient toujours prêtes de se présenter à nous sans peine, lorsque nous voudrons tant soit peu y appliquer notre esprit.

Et combien ma mémoire conserve-t-elle de choses semblables qui sont déjà toutes trouvées et prêtes de s'offrir à moi à chaque moment, ce que l'on appelle avoir appris quelque science ? Que je demeure durant un temps considérable sans les repasser par mon esprit, elles s'écoulent et s'enfoncent de nouveau de telle sorte dans les replis les plus profonds et les plus cachés de ma mémoire, qu'il faut que je les en tire encore par une nouvelle méditation, comme si je ne les en avais jamais tirées, et qu'étant éparses çà et là, je les rassemble dans ce même lieu, puisqu'elles n'ont point d'autre demeure, afin de les pouvoir connaître. D'où vient que dans la langue latine le mot qui signifie penser, ne veut dire autre chose dans son origine que rassembler, quoique étant devenu propre aux actions de l'esprit, il ne serve plus à marquer toute sorte de rassemblement pour parler ainsi, mais celui-là seulement qui se fait par la pensée.

## CHAPITRE XII

*De la mémoire que nous avons des Mathématiques.*

La mémoire contient aussi les raisons et les règles innombrables des nombres et des dimensions que l'arithmétique et la géométrie nous enseignent, dont elle n'en a reçu aucune par l'opération des sens corporels, puisqu'elles n'ont ni couleur, ni son, ni odeur, ni saveur, ni rien qui puisse être touché. J'ai bien entendu le son des paroles qui les signifient lorsque l'on en a parlé : mais ce son et ces connaissances sont deux choses toutes différentes. Car ces paroles ont un autre son lorsqu'elles sont grecques que lorsqu'elles sont latines ; au lieu que ces règles et ces raisons de Mathématique ne sont ni grecques, ni latines, ni d'aucune langue.

J'ai vu des lignes tirées par d'excellents maîtres qui étaient si délicates, que les filets des toiles des araignées ne le sont pas davantage : mais ces autres lignes que je forme dans mon esprit sont toutes différentes de celles-ci, et ne sont nullement des images de celles qui sont sensibles à nos yeux. Et celui-là les connaît et les comprend, qui sans avoir nulle pensée d'aucun corps les connaît intérieurement en se les représentant dans son esprit. J'ai aussi aperçu par tous mes sens corporels le nombre des choses que nous comptons ; mais ces autres nombres dont nous nous servons pour compter, sont bien d'une autre nature, et ne sont pas les images des nombres sensibles, mais beaucoup plus excellents qu'eux. Que si celui qui ne les comprend pas se moque de moi, comme si ce que j'en dis n'était que des rêveries, j'aurai pitié de son ignorance, qui le porte à se moquer de ce qu'il ne connaît pas.

## CHAPITRE XIII

*De quelle sorte la mémoire retient les choses, et comment elle conserve le souvenir des passions de l'esprit.*

J'ai toutes ces choses dans ma mémoire, et je n'ai pas oublié la manière dont je les ai apprises, non plus que tant de mauvais raisonnements que j'ai entendu faire au contraire, lesquels encore qu'ils soient faux, il ne laisse pas néanmoins d'être véritable que je m'en souviens ; et il me souvient aussi que j'ai su discerner dans ces disputes la vérité d'avec le mensonge.

Je m'aperçois bien aussi qu'il y a différence entre ce discernement du vrai d'avec le faux, comme je le puis faire maintenant, et le souvenir de l'avoir fait fort souvent, en repassant souvent ces choses par mon esprit. Ainsi je me souviens de les avoir souvent comprises. Et si je les comprends à cette heure, je mettrai encore cette intelligence comme en garde et comme en dépôt dans ma mémoire, afin de me pouvoir souvenir ci-après de l'avoir eue maintenant. Je me souviens donc de m'être souvenu, tout de même que si je me ressouviens dans quelque temps des choses dont j'ai pu maintenant me souvenir, ce sera par le moyen et par la puissance de ma mémoire que je m'en ressouviendrai.

Ma mémoire conserve aussi les diverses passions de mon esprit, non pas en la même manière qu'elles sont en lui lorsqu'il les ressent, mais en une autre manière fort différente et conforme au pouvoir qu'elle a de conserver les images et les espèces des choses. Car je me souviens sans être gai, d'avoir été dans la joie ; sans être triste, d'avoir été dans la tristesse ; sans être touché de crainte, d'avoir été dans la crainte ; et sans rien désirer, d'avoir eu des désirs très violents. Et au contraire il arrive quelquefois que je me souviens avec joie d'avoir été triste ; et avec tristesse d'avoir été dans la joie.

## CHAPITRE XIV

*De quelle sorte l'esprit se souvient avec joie des choses tristes.*

Il n'y a pas néanmoins tant de raison de s'étonner que l'âme se souvienne avec joie des peines que le corps a souffertes avec douleur, puisque l'âme et le corps sont deux choses différentes. Mais il y a sujet d'admirer que la mémoire étant une même chose que l'esprit, l'esprit soit gai lorsqu'il se souvient de sa tristesse passée, et que la mémoire ne soit pas triste, encore qu'elle conserve le souvenir de cette tristesse. Or il paraît que la mémoire est une même chose que l'esprit, puisque lorsque nous commandons à quelqu'un d'apprendre quelque chose par cœur, nous lui disons : « Faites en sorte de mettre cela dans votre esprit » ; et quand nous oublions quelque chose, nous disons : « Je ne l'avais pas dans l'esprit, cela s'est effacé de mon esprit » ; donnant ainsi à notre mémoire le nom d'esprit.

Ceci étant de la sorte, d'où vient donc que lorsque je me souviens avec joie de ma tristesse dans ma mémoire ; et que l'esprit se réjouissant de la joie qui est en lui, la mémoire ne s'attriste pas de la tristesse qui est en elle ? Est-ce que la mémoire n'est pas une partie et l'une des puissances de l'esprit ? Mais qui oserait soutenir une telle erreur? Il faut donc dire que la mémoire est comme l'estomac de l'esprit, et que la joie et la tristesse ressemblent à des viandes douces ou amères, qui lorsqu'elles passent dans la mémoire, y sont comme les viandes dans l'estomac, où elles peuvent bien demeurer, mais sans avoir aucune saveur. J'avoue qu'il serait ridicule d'établir une entière ressemblance entre ces deux choses; mais elles ne sont pas toutefois entièrement dissemblables.

Or quand je dis qu'il y a quatre passions de l'âme : le désir, la joie, la crainte, et la tristesse[1], c'est de ma mémoire que je tire cette connaissance; et lorsque je discours sur ce sujet, soit en les divisant selon leurs diverses espèces, ou en les définissant selon leur genre et leurs différences, c'est de ce même trésor que je tire tout ce que j'en dis, sans toutefois que lorsque je discours de ces passions par le souvenir que m'en fournit ma mémoire, je sois troublé par le trouble qu'elles apportent dans l'âme. Et il est sans doute que je n'aurais pu par mon souvenir les tirer ainsi de ma mémoire, si elles n'y eussent été auparavant que je les en eusse tirées.

N'est-ce point, que comme les animaux en ruminant font revenir de leur estomac à leur bouche la nourriture qu'ils ont prise, nous ramenons de la même sorte par notre souvenir les choses qui sont dans notre mémoire? Mais si cela est, d'où vient que celui qui en discourt et par conséquent qui s'en souvient, ne ressent point dans sa pensée, qui semble être en cette rencontre comme la bouche de son âme, ni la douceur de la joie, ni l'amertume de la tristesse? Est-ce que l'âme est en cela différente du corps; la comparaison de l'un avec l'autre ne pouvant pas revenir en tout? Car qui est celui qui pourrait se résoudre à parler de semblables sujets, si toutes les fois que nous proférons ces mots de tristesse et de crainte nous étions nécessairement obligés de nous attrister et de craindre? Nous n'en parlerions pas néanmoins si elles n'étaient dans notre mémoire, et si nous n'y trouvions non seulement les images que le son de ces mots y a imprimées par le moyen de nos sens, mais aussi les notions des choses mêmes qui n'y sont entrées par aucune des portes de ces sens corporels, mais que notre esprit même par l'expérience qu'il a tirée de ses propres passions a confiées à notre mémoire, ou qu'elle a retenues par elle-même sans qu'elles lui aient été confiées.

## CHAPITRE XV

*Des diverses manières dont les choses qui sont absentes sont représentées dans la mémoire.*

Mais qui pourrait dire que cette impression qui se fait dans la mémoire s'y fait par les images des choses, ou sans aucune image ? Car lorsque je nomme une pierre, ou que je nomme le soleil, il est sans doute que leurs images sont aussi présentes à ma mémoire, encore que les choses qu'elles me représentent soient éloignées de mes sens. Je nomme la douleur du corps sans que cette douleur soit présente, puisque je n'en ressens aucune ; et néanmoins si son image n'était présente à ma mémoire, je ne saurais ce que je dirais, et je ne pourrais dans mes discours distinguer la douleur d'avec le plaisir. Je nomme la santé du corps lorsque je suis sain : et il est sans doute qu'en cette sorte la chose même dont je parle se trouve présente : et toutefois si son image n'était point dans ma mémoire, je ne pourrais nullement me souvenir de ce que signifie ce mot de santé ; et lorsqu'on le profère devant des malades ils ne sauraient pas non plus ce qu'il voudrait dire, si par la puissance de la mémoire, ils n'avaient gravé dans leur esprit cette même image de la santé, bien qu'ils soient alors sans santé. Je nomme les nombres dont nous nous servons pour compter : et aussitôt, non pas leurs images, mais eux-mêmes se trouvent présents dans ma mémoire. Je nomme l'image du soleil, et elle est dans ma mémoire, puisque ce n'est pas l'image de l'image, mais l'image même, laquelle se représente à moi aussitôt que je m'en souviens. Je nomme la mémoire, et je connais ce que je nomme : mais où le connais-je sinon dans ma propre mémoire ? Et comment est-ce qu'elle est présente à soi-même sinon par soi-même, et non pas seulement par son image ?

## CHAPITRE XVI

*La mémoire se souvient même de l'oubli.*

Mais lorsque je prononce ce nom d'oubli, et que je connais aussi ce que je nomme, comment le pourrais-je connaître si je ne m'en souvenais ? Je ne dis pas du son de ce mot, mais de la chose qu'il signifie, laquelle si j'avais oubliée, il ne serait pas en mon pouvoir de connaître ce que signifierait cette parole. Ainsi lorsque je me souviens de la mémoire, elle se présente aussitôt à moi par elle-même ; et lorsque je me souviens de l'oubli, et l'oubli et la mémoire se présentent aussitôt à moi : la mémoire qui fait que je me souviens, et l'oubli qui fait que je ne me souviens pas de quelque chose.

Mais qu'est-ce que l'oubli ? Est-ce autre chose qu'un manquement de mémoire ? Comment est-ce donc qu'il se présente pour me faire souvenir de lui, puisque sa nature est de faire que je ne me souvienne point lorsqu'il est présent ? Que si c'est par la mémoire que nous retenons les choses dont nous nous ressouvenons, et que nous ne puissions, lorsque nous entendons proférer le mot d'oubli, connaître ce que ce mot signifie si nous ne nous souvenons de l'oubli, il s'ensuit que l'oubli se conserve dans la mémoire, et qu'ainsi la présence de ce qui fait que nous oublions, nous est quelquefois nécessaire pour nous empêcher d'oublier. Et ne peut-on pas inférer de là, que lorsque nous nous souvenons de l'oubli, il n'est pas lui-même dans notre mémoire, mais seulement par son espèce et par son image, puisque s'il y était par lui-même, il ferait que nous l'oublierions au lieu de nous en souvenir ?

Qui est donc celui qui sera capable de pénétrer et de comprendre en quelle sorte cela se passe ? J'avoue, Seigneur, que j'y trouve une extrême difficulté ; et c'est dans la recherche de moi-même que je la trouve. Je suis devenu à moi-même une terre ingrate, que l'on s'emploie inutilement à cultiver avec beaucoup de travail et de sueur. Car je ne m'efforce point maintenant de découvrir quelle est l'étendue des plaines du ciel. Je ne mesure point les distances qui se rencontrent entre les astres ; et je ne recherche point quel est le poids sur lequel la terre est balancée. Il n'y a pas sujet de s'étonner si tout ce que je ne suis pas se trouve être éloigné de moi : mais c'est moi-même qui me souviens des choses dont je me souviens : c'est moi-même, puisque c'est mon esprit qui s'en souvient. Et qui peut être plus proche de moi que moi-même ? Je ne comprends pas toutefois quelle est la puissance de ma mémoire encore que sans elle je ne pourrais me nommer moi-même.

Que puis-je donc dire étant assuré comme je suis, que je me souviens de mon oubli ? Dirai-je que ce dont je me souviens ne réside pas dans ma mémoire ? Ou bien dirai-je qu'il est nécessaire que l'oubli soit dans ma mémoire pour m'empêcher d'oublier ? L'un et l'autre ne serait-il pas très ridicule ? Comment aussi pourrais-je dire que lorsque je me souviens de l'oubli, c'est l'image de cet oubli, et non pas l'oubli même, qui est conservée dans ma mémoire ? Comment le pourrais-je dire, puisque lorsque l'image de quelque chose s'imprime dans notre mémoire, il est nécessaire que la chose même nous soit présente, afin que cette image s'y imprime ? Car c'est ainsi que je me souviens de Carthage et de tous les autres lieux où j'ai été : c'est ainsi que je me souviens des visages de toutes les personnes que j'ai vues, et de tout ce que mes autres sens m'ont rapporté ; et c'est ainsi que je me souviens de la santé et de la maladie que j'ai éprouvées dans mon corps. Quand toutes ces choses m'étaient présentes, ma mémoire en a conçu des images que je pusse considérer et repasser dans mon esprit, lorsque je voudrais me ressouvenir de ces objets dans leur éloignement et dans leur absence.

Que si c'est par son image et non par lui-même que l'oubli se conserve dans ma mémoire, il fallait donc qu'il fût présent afin que ma mémoire pût concevoir cette image : or, de quelle sorte l'oubli étant présent gravait-il cette image dans ma mémoire, puisqu'il efface par sa présence les choses mêmes qu'il trouve déjà imprimées dans notre mémoire ? Toutefois bien qu'il soit très difficile de comprendre et d'expliquer de quelle manière cela arrive, je suis très assuré que je me souviens de mon oubli, quoique ce soit lui qui efface les images des choses dont nous nous ressouvenons.

## CHAPITRE XVII

*Que la mémoire est une chose admirable. Mais qu'il faut encore chercher Dieu au-dessus d'elle.*

Mon Dieu, cette puissance de la mémoire est prodigieuse, et je ne puis assez admirer sa profonde multiplicité qui s'étend jusqu'à l'infini. Or cette mémoire n'est autre chose que l'esprit : et je suis moi-même cet esprit. Que suis-je donc, ô mon Dieu ? Qui suis-je, moi qui vous parle, sinon une nature qui épouvante ceux qui la considèrent bien dans l'incroyable variété de ses opérations, et dans la vaste étendue de ses puissances ?

Voilà que je me promène dans les campagnes de ma mémoire, dans ces antres, pour parler ainsi, et ces cavernes innombrables qui sont pleines d'un nombre infini d'infinis genres de choses, soit qu'elle les conserve par leurs espèces, comme il arrive en tout ce qui regarde les corps ; ou par leur présence, comme en ce qui est des arts ; ou par je ne sais quelles marques, comme en ce qui est des affections de l'âme que la mémoire retient, lors même que l'esprit ne les souffre plus, quoique tout ce qui est dans la mémoire soit dans l'esprit. Je me promène, dis-je ; et je vole en quelque sorte avec la pensée par toutes ces choses, que je pénètre autant que je puis, en les considérant tantôt d'une manière et tantôt d'une autre, sans pouvoir jamais y trouver aucune fin, tant est grande la puissance de la mémoire, et tant est grande la puissance de la vie dans un homme vivant, quoique mortel.

Mon Dieu qui êtes ma véritable vie, que ferai-je donc ? Je passerai aussi au-delà de cette puissance qui est en moi, et que l'on nomme mémoire, et j'irai plus outre afin d'arriver jusqu'à vous, qui êtes cette agréable lumière après laquelle mon âme soupire. Que me répondez-vous à cela, Seigneur ? Je monterai donc plus haut que mon esprit pour aller à vous qui êtes si élevé au-dessus de moi, et je passerai au-delà de cette puissance qui est en moi, et que l'on appelle mémoire, afin d'atteindre jusques à vous autant qu'on y peut atteindre, et de m'unir à vous autant que l'on s'y peut unir ; car les bêtes et les oiseaux ont aussi de la mémoire, puisque autrement ils ne pourraient retrouver ni leurs tanières, ni leurs nids, ni s'accoutumer à plusieurs autres choses auxquelles ils s'accoutument, n'étant pas possible qu'ils s'y accoutumassent si ce n'était par le moyen de la mémoire.

Je veux donc passer au-delà de cette puissance de

l'âme, afin d'arriver jusqu'à celui qui m'a rendu différent des bêtes, et qui par l'intelligence qu'il m'a donnée, m'a élevé au-dessus des oiseaux du ciel. Je passerai au-delà de ma mémoire : mais où vous trouverai-je, ô ineffable douceur, dont rien ne nous peut ravir la possession ? Où vous trouverai-je ?

## CHAPITRE XVIII

*Que pour retrouver une chose que l'on a perdue, il faut en avoir conservé la mémoire.*

Si je vous trouve, mon Dieu, hors de ma mémoire, il faut donc que je vous aie oublié. Et comment vous puis-je trouver si je ne me souviens pas de vous ? Cette femme de l'Évangile[1] qui avait perdu sa drachme, alluma une lampe pour la chercher ; et elle ne l'aurait pas trouvée si elle ne s'en fût pas souvenue : car comment après l'avoir retrouvée eût-elle su que ce l'était si elle en eût perdu la mémoire ? Je me souviens d'avoir cherché plusieurs choses que j'avais perdues, et de les avoir retrouvées. Mais comment ai-je pu savoir que je les avais retrouvées, sinon parce que quand j'en cherchais quelqu'une, et que l'on me disait : « Est-ce cela ? ou est-ce ceci ? » je répondais toujours : « Ce ne l'est pas », jusqu'à ce que l'on me présentât ce que je cherchais ? De sorte qu'il est visible, que si je n'en eusse conservé la mémoire, on me l'aurait en vain présenté, puisque je ne l'aurais pas retrouvé pour cela, parce que je ne l'aurais pas reconnu. Ce qui arrive toujours en la même sorte, quand nous cherchons quelque chose que nous avons perdu et que nous le recouvrons.

Cela néanmoins ne paraît pas si étrange au regard des choses qui s'éloignent de notre vue sans s'éloigner de notre mémoire, comme il arrive en ce qui est des corps visibles, parce qu'alors nous en conservons l'image au-dedans de nous, et la cherchons jusqu'à ce que nous la revoyions, et quand nous l'avons trouvée, nous la reconnaissons par le moyen de cette image que nous avions conservée en notre mémoire : car nous ne disons point avoir trouvé ce que nous avions perdu, si nous ne le reconnaissons; et nous ne saurions le reconnaître, si nous ne nous en souvenons. Ainsi, ce qui était perdu à l'égard de nos yeux, s'était conservé dans notre mémoire.

## CHAPITRE XIX

*Comment l'on retrouve ce que l'on a oublié.*

Mais lorsque la mémoire même perd quelque chose, comme il arrive quand nous l'oublions et que nous le cherchons pour nous en ressouvenir, où le cherchons-nous, sinon dans notre mémoire ? Et lorsqu'elle nous offre une autre chose, nous la rejetons jusqu'à ce qu'elle nous présente ce que nous cherchons ; et quand elle nous le présente, nous disons : « Voilà ce que je cherchais » ; ce que nous ne dirions pas si nous ne le reconnaissions ; et nous ne le reconnaîtrions pas si nous ne nous en souvenions. Nous l'avions oublié néanmoins, mais non pas entièrement ; et nous nous servions du souvenir que nous en avions en partie, pour chercher l'autre partie que nous avions oubliée, parce que notre mémoire sentait bien qu'elle ne se représentait pas toutes les choses qu'elle avait accoutumé de se représenter en même temps, et qu'ayant en quelque sorte la même peine qu'un homme qui voulant marcher ne peut remuer qu'une de ses jambes, elle faisait tous ses efforts pour retrouver ce qui lui manquait.

Ainsi lorsque nous voyons de nos yeux, ou que nous

nous représentons dans notre esprit une personne qui nous est connue, s'il arrive que nous ayons oublié son nom, et que nous le cherchions, nous rejetons tous les autres noms qui n'ont nulle liaison avec l'idée de cette personne, parce qu'ils n'ont pas accoutumé de se représenter avec elle ; et nous ne sommes point contents jusqu'à ce que nous ayons retrouvé celui dont l'image avait accoutumé d'accompagner dans notre mémoire celle de cette personne. Mais d'où est-ce que ce nom peut venir pour s'offrir à nous, sinon de notre mémoire, puisque lors même que nous le reconnaissons quand quelqu'un nous en a averti, il ne saurait procéder que d'elle ? Car nous ne le reconnaissons pas comme nouveau ; mais notre souvenir fait que nous demeurons d'accord que c'est le nom que nous cherchions ; au lieu qu'on nous en avertirait inutilement, s'il était du tout effacé de notre mémoire. Ainsi nous ne pouvons pas dire avoir du tout oublié ce que nous nous souvenons d'avoir oublié ; et nous ne pourrions pas chercher ce que nous aurions perdu, si nous l'avions entièrement oublié.

## CHAPITRE XX

*Que chercher Dieu, c'est chercher la vie bienheureuse, et que tous les hommes la désirant, il faut qu'ils en aient quelque connaissance.*

Quand je vous cherche, mon Dieu, je cherche la vie bienheureuse, et je vous chercherai afin que mon âme vive, puisque c'est de vous que mon âme tire sa vie, comme c'est de mon âme que mon corps tire la sienne. De quelle sorte est-ce donc que je cherche la vie bienheureuse ? Car je ne puis pas dire que je la possède, jusqu'à ce que je puisse dire : Je n'ai plus rien à désirer, et que j'aie un véritable sujet de le dire. Comment la cherché-je ? Est-ce par mon souvenir, comme si je l'avais oubliée, et que je me souvinsse néanmoins de l'avoir oubliée ? Ou est-ce par un désir d'apprendre une chose qui m'est inconnue, soit que je ne l'aie jamais sue, ou que je l'aie oubliée de telle sorte que je ne me souvienne pas même de l'avoir oubliée ?

N'est-ce pas cette vie bienheureuse qui est désirée si généralement de tous les hommes sans en excepter un seul ? Mais qui en a donné la connaissance à ceux qui la souhaitent avec tant d'ardeur ? Où l'ont-ils vue pour l'aimer d'une telle sorte ? Il faut sans doute que nous l'ayons en nous-mêmes en quelque manière, quoiqu'il y ait une autre manière selon laquelle on ne la saurait posséder sans être heureux. Il y en a aussi qui ne sont heureux qu'en espérance ; et ceux-là possèdent cette vie dont je parle en un degré beaucoup inférieur à ceux qui sont déjà heureux en effet : mais ils sont néanmoins de beaucoup meilleure condition que ceux qui ne la possèdent ni en effet ni en espérance. Et néanmoins si ces derniers ne l'avaient en eux-mêmes en quelque façon que ce puisse être, ils n'auraient pas ce grand désir d'être heureux que l'on ne saurait douter qu'ils n'aient.

Je ne saurais dire en quelle manière ils connaissent cette vie heureuse, et en ont une certaine idée, et je voudrais bien savoir si cette idée est dans la mémoire. Que si elle y est, il semble qu'il faudrait que nous eussions été autrefois heureux. Or comment l'aurions-nous été ? Serait-ce chacun en particulier, ou seulement tous en général dans ce premier homme, qui a été le premier pécheur, dans lequel nous sommes tous morts, et duquel nous sommes tous nés misérables ?

Mais ce n'est pas ce que je veux chercher maintenant, n'étant en peine que de savoir si la vie bienheureuse est dans la mémoire ; car nous ne l'aimerions pas si nous ne la connaissions point : il n'y a personne qui en l'entendant nommer ne confesse qu'il la désire ; et ce n'est pas le son de cette parole qui nous plaît, puisque lorsqu'un Grec l'entend nommer en latin, il n'y prend aucun plaisir, parce qu'il ignore ce que cette parole signifie ; au lieu que nous y prenons plaisir, tout de même qu'un Grec y en prendrait s'il l'entendait nommer en grec, parce que la chose en soi, que les Grecs, que les Romains, et que toutes les autres nations de diverses langues désirent avec tant d'ardeur d'acquérir, n'est ni grecque ni latine : elle est donc connue à tous les hommes, puisque si l'on pouvait par un même mot que tous entendissent, leur demander s'ils voudraient bien être heureux, ils répondraient sans doute qu'ils le veulent ; ce qu'ils ne feraient pas si la chose même qui est signifiée par ce nom n'était gravée dans leur mémoire.

## CHAPITRE XXI

*De quelle sorte la vie bienheureuse peut être dans la mémoire.*

Celui donc qui se souvient de la vie bienheureuse que l'on nomme félicité, s'en souvient-il de la même sorte que celui qui a vu Carthage se ressouvient de Carthage ? Non, puisque la félicité n'étant pas un corps, elle n'est pas sensible à nos yeux. Ou bien s'en souvient-il en la même manière que nous nous souvenons des nombres ? Nullement, puisque ceux qui les connaissent ne cherchent point de les posséder d'une manière plus particulière ; au lieu qu'encore que nous sachions ce que c'est que la félicité, et que la connaissance que nous en avons nous la fasse aimer, nous ne laissons pas de désirer de l'acquérir afin d'être heureux.

Ou bien s'en souvient-il comme nous nous souvenons de l'éloquence ? Non certes. Car encore que plusieurs qui ne sont pas éloquents se souviennent de l'éloquence aussitôt qu'ils en entendent proférer le nom, et qu'ils désirent même de l'acquérir (ce qui fait voir qu'ils en ont quelque connaissance) néanmoins cela vient de ce qu'ayant connu par les sens du corps d'autres personnes éloquentes, le plaisir qu'ils y ont pris, les a portés à désirer de l'être aussi : quoiqu'il soit vrai qu'ils n'auraient point ressenti ce plaisir, si l'expérience qu'ils en ont eue par les sens, n'avait réveillé dans leur esprit une certaine connaissance intérieure de la beauté de cet art, comme ils n'auraient point désiré de l'acquérir, s'il ne leur avait donné du plaisir. Mais nul de nos sens ne nous peut faire apercevoir et remarquer en d'autres personnes la vie bienheureuse.

Ou bien s'en souvient-il comme nous nous souvenons de la joie ? Cela pourrait être : car encore que je sois triste, je me souviens de ma joie passée, de même qu'étant misérable, je me souviens d'une vie heureuse, quoique je n'aie jamais par aucun de tous mes sens ni vu, ni entendu, ni senti, ni goûté, ni touché la joie que j'ai eue ; mais que je l'aie seulement ressentie dans mon esprit, lorsque je me suis réjoui, et qu'ensuite la connaissance que j'en ai se soit gravée dans ma mémoire en telle sorte, que je puis quand je veux, m'en souvenir, quelquefois avec dégoût, et quelquefois avec plaisir, selon la diversité des choses dont je me souviens de m'être réjoui : car je me souviens avec horreur de ces plaisirs honteux qui m'ont autrefois donné de la joie ; et lorsque ma mémoire me représente quelques-unes de mes actions bonnes et louables, le désir que j'aurais d'en faire encore de semblables, fait que si l'occasion ne s'en offre point, je me souviens avec tristesse de ma joie passée.

Mais en quel lieu et en quel temps ai-je connu par expérience que ma vie était heureuse, afin de pouvoir me la présenter, l'aimer et la désirer ? Et ce désir d'être heureux ne m'est pas commun avec peu de personnes seulement, puisque tous désirent de l'être, et tous les hommes ne se rencontreraient pas dans une volonté si déterminée et si absolue de cette félicité, s'ils n'en avaient une connaissance très certaine.

Or d'où vient que si l'on demande à deux hommes s'ils veulent aller à la guerre, il pourra arriver que l'un répondra qu'il veut y aller, et l'autre qu'il ne le veut pas ? Mais si on leur demande s'ils désirent d'être heureux, ils répondront aussitôt et sans hésiter qu'ils le souhaitent de tout leur cœur, encore qu'il n'y ait point d'autre raison qui porte l'un à vouloir aller à la guerre, et qui empêche l'autre d'y vouloir aller, sinon le désir d'être heureux. Cela ne procède-t-il point de ce que l'un mettant son plaisir en une chose et l'autre en une autre, ils s'accordent toutefois dans le désir d'être heureux, comme ils s'accorderaient lorsqu'on leur demanderait s'ils désirent d'avoir des sujets de joie, et cette joie est sans doute ce qu'ils nomment félicité ? Que si l'un l'acquiert d'une manière, et l'autre d'une autre, ce n'est toujours néanmoins qu'à cette félicité que tous désirent de parvenir, afin d'être dans le contentement et dans la joie ; et parce qu'il n'y a personne qui dans le cours de sa vie n'ait ressenti quelque joie, il reconnaît l'image que sa mémoire lui en représente toutes les fois qu'il entend proférer ce nom de félicité.

## CHAPITRE XXII

*Que la félicité consiste dans la véritable joie qui ne se trouve qu'en Dieu.*

Mais, ô mon Dieu que j'adore, ne souffrez pas que votre serviteur se laisse jamais porter à croire que toutes sortes de joies soient capables de nous rendre heureux : car cela n'appartient qu'à cette joie qui n'est point connue des méchants, mais de ceux qui vous servent sans intérêt, dont vous-même êtes la joie, et c'est en cela que consiste la vie bienheureuse de se réjouir en vous, par vous et pour l'amour de vous ; c'est en cela qu'elle consiste, et il n'y en a point d'autre. Ceux qui en cherchent d'autre cherchent aussi une autre joie, mais qui ne peut être que fausse et trompeuse ; et quoi qu'il en soit, il est impossible que leur volonté ne soit attirée au moins par quelque ombre et quelque image de joie.

## CHAPITRE XXIII

*Que tous les hommes aimant naturellement la vérité, leurs intérêts et leurs passions font qu'ils la haïssent lorsqu'elle leur est contraire.*

Il semble donc qu'il n'est pas vrai que tous veuillent être heureux, puisque ceux qui ne cherchent pas leur contentement en vous, en quoi seul consiste la vie bienheureuse, ne désirent pas en effet la vie bienheureuse. Dirons-nous que tous la désirent ; mais que la chair combattant contre l'esprit et l'esprit contre la chair, ils ne font pas ce qu'ils voudraient pouvoir faire, et qu'ainsi ils retombent dans les joies du monde, qu'ils sont capables de se procurer à eux-mêmes ; et ils s'en contentent, parce qu'ils ne peuvent goûter les vraies joies ; et ils ne le peuvent, parce qu'ils ne le veulent pas aussi fortement qu'il serait nécessaire pour le pouvoir.

Car je leur demande à tous, duquel des deux ils aiment mieux se réjouir, ou de la vérité ou du mensonge ? Sur quoi ils n'hésiteront non plus à me répondre, qu'ils aiment mieux se réjouir de la vérité, comme ils ne font point difficulté d'avouer qu'ils désirent d'être heureux, parce que la vie bienheureuse consiste à se réjouir de la vérité. Et cette joie est celle que l'on prend en vous qui êtes la vérité même, qui êtes ma lumière, mon salut et mon Dieu. Tous désirent cette vie ; tous désirent sans doute cette vie qui est seule bienheureuse ; tous la désirent, et tous désirent de se réjouir de la vérité.

J'en ai vu plusieurs qui voulaient bien tromper les autres, mais je n'ai jamais vu personne qui voulût bien lui-même être trompé. Où est-ce donc qu'ils ont connu cette vie bienheureuse, sinon où ils ont connu la vérité, laquelle ils aiment aussi, puisqu'ils ne veulent pas être trompés ; et lorsqu'ils aiment la vie bienheureuse, qui n'est autre chose que la joie de la vérité, ils aiment aussi sans doute la vérité, et ils ne l'aimeraient pas s'il n'y en avait quelque idée dans leur mémoire.

Pourquoi donc ne se réjouissent-ils pas de cette vérité, et ne sont-ils pas heureux ? C'est parce que ces autres choses qui remplissent davantage leur esprit, ont beaucoup plus de pouvoir de les rendre misérables, que cette faible connaissance que leur mémoire conserve de la vérité n'en a de les rendre heureux. Car il reste encore selon la parole du Fils de Dieu, quelque petite lumière dans l'esprit des hommes. Qu'ils marchent ; qu'ils marchent donc pendant qu'elle les éclaire, de peur que les ténèbres ne les surprennent.

Mais si tous les hommes aiment la vie bienheureuse, qui n'est autre chose que la joie de la vérité, d'où vient que cette même vérité cause de la haine, et que lorsque vos serviteurs la leur annoncent ils deviennent leurs ennemis ? C'est que l'on aime tellement la vérité, que tous ceux qui aiment autre chose qu'elle, veulent que ce qu'ils aiment soit la vérité. Et d'autant qu'ils ne voudraient pas être trompés, ils ne veulent pas aussi qu'on les puisse convaincre de l'être. Ils aiment la vérité lorsqu'elle leur montre sa lumière ; et ils la haïssent lorsqu'elle fait voir leurs défauts. Car ne voulant pas être trompés, et voulant bien tromper, ils l'aiment quand elle se découvre à eux ; et ils la haïssent quand elle les découvre eux-mêmes. Et Dieu permet au contraire par un juste châtiment, qu'elle les fait connaître pour ce qu'ils sont, quelques efforts qu'ils fassent pour l'empêcher, et qu'elle leur demeure inconnue, quoiqu'ils s'efforcent de la connaître.

C'est ainsi que l'esprit de l'homme tout faible, tout aveugle, tout souillé, et tout corrompu qu'il est, veut bien se cacher, mais ne veut pas que rien soit caché pour lui : et il arrive par un événement tout contraire, que la vérité le connaît, et qu'il ne connaît pas la vérité. Néanmoins quelque misérable qu'il soit, il aime mieux se réjouir des choses vraies que des fausses. Ne sera-t-il donc pas bienheureux lorsque sans qu'aucun déplaisir le trouble, il se réjouira seulement de cette vérité par qui toutes choses sont véritables ?

## CHAPITRE XXIV

*Que la connaissance que nous avons de Dieu se conserve aussi dans notre mémoire.*

Vous voyez, mon Dieu, combien je me suis promené dans cette vaste étendue de ma mémoire pour vous chercher, sans que j'aie pu vous trouver hors d'elle. Car je n'ai rien trouvé de tout ce qui vous regarde, que ce qui m'en a été représenté par mon souvenir depuis le temps que j'ai commencé à vous connaître, parce que depuis ce jour je ne vous ai jamais oublié.

Aussitôt que j'ai trouvé la vérité, j'ai trouvé mon Dieu qui est la vérité même, laquelle je n'ai point oubliée depuis qu'une fois je l'ai connue. Ainsi depuis ce moment que je vous ai connu, mon Dieu, vous êtes toujours demeuré dans ma mémoire, où je vous retrouve lorsque je me souviens de vous, et trouve en vous ma consolation et ma joie. Ce sont là mes saintes délices dont vous m'avez favorisé par votre miséricorde, ayant pitié de mon indigence et de ma misère.

## CHAPITRE XXV

*Dans quelle partie de notre mémoire Dieu se rencontre.*

Mais, Seigneur, en quel lieu de ma mémoire demeurez-vous ? En quel lieu y avez-vous établi votre séjour ? Quel logement y avez-vous bâti pour vous recevoir ? Quel sanctuaire vous y êtes-vous consacré ? Je ne puis douter que vous ne favorisiez ma mémoire de votre présence, mais ma difficulté est de comprendre en quelle partie d'elle vous demeurez. Car lorsque je me suis souvenu de vous, j'ai passé au-delà de toutes ces puissances qui nous sont communes avec les bêtes, parce que je ne vous trouvais point parmi les images des choses qui sont corporelles. Je suis allé de là jusque dans cette puissance de ma mémoire, à qui je donne en garde toute les affections de mon esprit, et je ne vous y ai point aussi trouvé. Je suis entré jusque dans le lieu que mon esprit tient aussi dans ma mémoire, car l'esprit se souvient aussi de soi-même, et je ne vous ai point non plus trouvé, parce que comme vous n'êtes point une image corporelle, ni une passion de l'esprit, telles que sont la joie, la tristesse, le désir, la crainte, le souvenir, l'oubli, et toutes les autres choses semblables, vous n'êtes pas non plus mon esprit, puisque étant Dieu vous êtes le Seigneur et le Maître de mon esprit.

Toutes ces choses sont sujettes à changement : mais vous, comme étant immuable, vous demeurez toujours élevé au-dessus de toutes choses, et daignez vous abaisser jusques à demeurer dans ma mémoire depuis que je vous ai connu. Mais pourquoi m'arrêté-je à chercher en quel lieu d'elle vous demeurez, comme s'il y avait des lieux en elle ? Il me suffit de savoir que vous y demeurez, puisque je me souviens de vous depuis le temps que j'ai commencé à vous connaître, et que c'est en elle que je vous trouve toutes les fois que je m'en souviens.

## CHAPITRE XXVI

*Dieu est la vérité que tous les hommes consultent.*

Où est-ce donc que je vous ai trouvé, mon Dieu, afin que je vous pusse connaître, puisque vous n'étiez pas dans ma mémoire avant que je vous eusse connu ? Où ai-je pu vous connaître et vous trouver, sinon en vous-même au-dessus de moi ? Il n'y a point de lieux ni d'espaces entre vous et nous : il n'y en a point sans doute, et nous ne laissons pas toutefois de nous reculer et de nous approcher de vous. Comme vous êtes l'éternelle vérité, vous rendez partout vos oracles à tous ceux qui vous consultent : vous répondez en même temps à toutes les diverses demandes que l'on vous fait ; vous y répondez très clairement ; mais tous ne vous entendent pas clairement. Tous ont recours à vous pour savoir ce qu'ils désirent d'apprendre ; mais ils ne reçoivent pas toujours les réponses qu'ils désirent. Et celui-là seul mérite d'être mis au rang de vos fidèles ministres, qui ne désire pas d'entendre de vous ce qui est conforme à sa volonté, mais plutôt de conformer sa volonté à ce qu'il vous plaira de lui faire entendre.

## CHAPITRE XXVII

*De quelle sorte la beauté de Dieu nous ravit le cœur*[1].

Que j'ai commencé tard à vous aimer, ô beauté si ancienne et si nouvelle ! que j'ai commencé tard à vous aimer ! Vous étiez au-dedans de moi ; mais, hélas ! j'étais moi-même au-dehors de moi-même. C'était en ce dehors que je vous cherchais. Je courais avec ardeur après ces beautés périssables qui ne sont que les ouvrages et les ombres de la vôtre, cependant que je faisais périr misérablement toute la beauté de mon âme, et que je la rendais par mes désordres toute monstrueuse et toute difforme. Vous étiez avec moi, mais je n'étais pas avec vous. Car ces beautés qui ne seraient point du tout si elles n'étaient en vous, m'éloignaient de vous. Vous m'avez appelé : vous avez crié, et vous avez ouvert les oreilles de mon cœur en rompant et en brisant tout ce qui me rendait sourd à votre voix. Vous avez frappé mon âme de vos éclairs : vous avez lancé vos rayons sur elle, et vous avez chassé toutes les ténèbres qui la rendaient aveugle au milieu de votre lumière même. Vous m'avez fait sentir l'odeur incomparable de vos parfums, et j'ai commencé à ne respirer que vous, et à soupirer après vous ; j'ai goûté la douceur de votre grâce, et me suis trouvé dans une faim et dans une soif de ces délices célestes. Vous m'avez touché, et je suis devenu tout brûlant d'ardeur pour la jouissance de votre éternelle félicité.

## CHAPITRE XXVIII

*De la misère de cette vie.*

Lorsque je serai uni à vous dans toutes les puissances et toutes les parties de mon âme, je ne sentirai plus de travaux ni de douleurs, et ma vie sera toute vive et toute pleine de vie, lorsqu'elle sera toute pleine de vous; car au lieu de rendre l'âme plus pesante en la remplissant, vous la rendez au contraire plus active et plus légère. Et ce qui fait que je suis encore à charge à moi-même, c'est que je ne suis pas entièrement rempli de vous.

Les vaines joies qui mériteraient d'être pleurées, combattent dans mon esprit avec les heureuses tristesses dont nous nous devrions réjouir, et je ne sais de quel côté tourne la victoire. Hélas ! Seigneur, ayez pitié de moi. Les mauvaises tristesses combattent dans mon esprit avec les joies saintes, et je ne sais de quel côté tourne la victoire. Hélas ! Seigneur, ayez pitié de moi : faites miséricorde à celui qui en a tant de besoin. Vous voyez que je ne vous cache point mes plaies. Vous êtes médecin, et je suis malade. Vous êtes tout plein de miséricorde, et je suis tout plein de misère. Et qu'est-ce que toute la vie que nous menons sur la terre, sinon une perpétuelle tentation ?

Qui est celui qui souhaite et qui aime les afflictions et les peines ? Aussi vous voulez seulement qu'on les souffre, et ne commandez pas qu'on les aime. Nul n'aime les maux qu'il souffre, quoiqu'il aime la souffrance de ces maux ; car encore qu'on se réjouisse de souffrir ce qu'il faut souffrir, on aurait néanmoins plus de joie de n'avoir rien à souffrir. Dans l'adversité je souhaite la prospérité ; et dans la prospérité j'appréhende l'adversité. Peut-on trouver un état qui soit comme un milieu entre ces deux différents états et où notre vie ne soit point sujette à tentation? Deux raisons rendent malheureuses les prospérités du siècle : l'une, de ce qu'elles sont accompagnées de la crainte de l'adversité, l'autre, de ce qu'elles nous corrompent par la joie qu'elles nous causent. Et trois raisons rendent malheureuses les adversités du siècle : la première, de ce qu'on y désire la prospérité; la seconde, de ce que la mauvaise fortune est elle-même difficile à supporter; et la troisième, de ce qu'elle fait assez souvent succomber notre patience. Et ainsi n'est-il pas vrai de toutes parts que la vie des hommes sur la terre est une tentation continuelle?

## CHAPITRE XXIX

*Ne s'appuyer que sur la grâce de Dieu.*

C'est pourquoi, mon Dieu, toute mon espérance n'est fondée que sur la grandeur de votre miséricorde. Donnez-moi la grâce d'accomplir ce que vous me commandez; et commandez-moi ce que vous voudrez. Vous me commandez d'être continent. Je sais, dit le Sage [1], que nul ne peut être continent, s'il n'a reçu la continence par un don particulier de Dieu. Et c'est déjà un degré de sagesse que de savoir de qui l'on doit attendre ce don. C'est la continence qui nous ramène à cette unité suprême dont nous nous étions éloignés pour nous répandre dans la multiplicité des créatures. Car celui-là vous en aime moins, qui aime quelque chose avec vous qu'il n'aime pas pour l'amour de vous. Ô amour qui brûlez toujours et ne vous éteignez jamais! Charité qui êtes mon Dieu, embrasez-moi de vos flammes. Vous me commandez d'être continent : donnez-moi la grâce d'accomplir ce que vous me commandez; et commandez-moi ce que vous voudrez.

## CHAPITRE XXX

*Il s'examine sur les trois tentations, de la volupté, de la curiosité, et de l'orgueil. Il commence par celle de la volupté, et traite premièrement de ce qui regarde la chasteté.*

Vous me défendez, mon Dieu, de me laisser emporter aux désirs de la chair, à la convoitise des yeux et à l'ambition du siècle[1]. Vous avez défendu les amours illégitimes, et vous nous avez enseigné qu'il y a quelque chose de meilleur que le mariage, quoique vous l'ayez permis : et d'autant que vous m'avez fait cette grâce, j'ai accompli en cela votre volonté avant même que d'avoir été appelé au ministère de votre Église, et à la dispensation de vos Sacrements.

Mais parce que les images de mes désordres passés sont encore vivantes dans ma mémoire, où mes longues habitudes les ont si profondément gravées, elles se présentent souvent à moi. Et bien que lorsque je veille elles n'aient aucune force sur mon esprit, elles en ont tant néanmoins dans mes songes, qu'elles ne me portent pas seulement jusques à y prendre plaisir, mais même jusques à une espèce de consentement et d'action. Et l'illusion de ces vains fantômes a tant de pouvoir sur mon esprit et sur mon corps, que de fausses visions me persuadent lorsque je dors, ce que de véritables objets ne sauraient me persuader lorsque je veille. Seigneur mon Dieu, ne suis-je pas alors ce que j'étais auparavant ? Et comment se peut-il donc faire qu'il y ait une aussi grande différence entre moi-même et moi-même, comme il y en a entre ce moment auquel je m'endors, et celui auquel je m'éveille ?

Où est alors cette raison qui dans le temps que je veille résiste à de semblables tentations, et demeure ferme sans être touchée de ces objets, lorsqu'eux-mêmes se présentent à elle ? S'enferme-t-elle lorsque je ferme les yeux ? S'endort-elle avec mes sens corporels ? Et comment arrive-t-il donc que souvent nous résistons même dans nos songes à ces attraits impudiques, et que nous souvenant de nos saintes résolutions, nous demeurons dans une chasteté inébranlable, sans donner aucun consentement à ces mauvaises illusions ? Toutefois lorsque le contraire arrive, et qu'après nous être éveillés, nous avons examiné notre conscience, et trouvé qu'elle ne nous reproche rien sur ce sujet, nous connaissons qu'à parler selon la vérité, nous n'avons pas fait ce que nous savons avec beaucoup de déplaisir s'être fait en nous, en quelque manière qu'il se soit fait. Dieu tout-puissant, votre main n'a-t-elle pas le pouvoir de guérir toutes les infirmités de mon âme, et d'éteindre par une grâce surabondante ces mouvements d'impudicité que je souffre durant mon sommeil ?

Seigneur, vous augmenterez, s'il vous plaît, de plus en plus les miséricordes dont vous m'avez favorisé jusques ici, afin que mon âme étant dégagée des filets de la concupiscence elle me suive pour aller vers vous ; afin qu'elle ne se révolte pas contre elle-même, et afin qu'aussi bien dans mes songes que lorsque je veille, non seulement elle ne se laisse point emporter par ses imaginations brutales à de semblables impuretés, jusqu'à produire un effet sensible dans le corps ; mais qu'elle n'y consente en aucune sorte. Car étant tout-puissant comme vous êtes, et pouvant faire des choses incomparablement plus difficiles que tout ce que nous saurions ni vous demander ni comprendre, vous n'aurez pas peine à faire que non seulement en cette vie, mais en l'âge que j'ai maintenant, mes actions soient si pures et si chastes, même quand je dors et durant mes songes, que je n'aie pas la moindre inclination à ce que je viens de dire, quand elle serait si faible, qu'un seul clin d'œil serait capable de l'arrêter.

Maintenant je ne crains point de vous dire comme à mon bon Maître, quel je suis encore dans cette sorte de misère. Je me réjouis avec une joie mêlée de crainte des faveurs que vous m'avez faites : je soupire pour celles qui me manquent, et j'espère que vous accomplirez en moi l'effet de vos grâces, jusqu'à ce que tous mes sens tant intérieurs qu'extérieurs, soient dans une pleine paix avec vous, et que la mort soit entièrement vaincue par la victoire que vous me ferez emporter sur elle.

## CHAPITRE XXXI

*De la volupté qui se rencontre dans le boire et dans le manger, et des bornes que la tempérance chrétienne y prescrit.*

Il y a une autre misère que nous rencontrons chaque jour, et je souhaiterais qu'elle fût seule : car nous sommes tous les jours obligés de réparer par le boire et par le manger les ruines de notre corps, jusqu'à ce que vous détruisiez le ventre et les viandes, comme dit l'Apôtre [1], lorsque par un rassasiement admirable vous éteindrez ma faim et ma soif, et revêtirez ma chair corruptible d'une incorruptibilité éternelle. Mais maintenant ce besoin m'est agréable, et je combats contre le plaisir que j'y trouve afin qu'il ne m'emporte pas. Je me fais une guerre continuelle par les jeûnes et par l'abstinence, réduisant souvent mon corps en servitude ; mais il faut après cela que ce soit le plaisir qui fasse cesser mes douleurs. Car la faim et la soif sont une espèce de douleur, puisqu'elles brûlent et qu'elles tuent aussi bien qu'une fièvre ardente, si les aliments comme un remède favorable ne viennent à notre secours. Mais parce qu'ils se trouvent toujours prêts, vous ayant plu de consoler notre misère par les faveurs sans nombre que nous recevons de votre bonté, qui a fait que la terre, l'air et les eaux, nous fournissent toutes les choses dont nous avons besoin, ces malheureuses nécessités nous passent pour des délices.

Sur quoi vous m'avez appris, Seigneur, à ne rechercher des aliments que comme je ferais des remèdes, et à en user de la même sorte. Mais lorsque je passe de l'incommodité de la faim au soulagement que me donne le manger, la concupiscence me dresse des embûches sur ce passage. Car ce passage est accompagné de volupté, et il n'y en a point d'autre par où nous puissions passer pour arriver à ce soulagement que la nécessité nous oblige de rechercher. Et quoique le soutien de la vie soit la seule chose qui oblige de boire et de manger, ce plaisir dangereux vient à la traverse, et paraît d'abord comme un serviteur qui suit son maître ; mais souvent il fait des efforts pour passer devant, afin de me porter à faire pour lui ce que je n'avais dessein de faire que pour la seule nécessité. Et ce qui sert à nous tromper en cela, c'est que la nécessité n'a pas la même étendue que le plaisir, y ayant souvent assez pour le nécessaire, lorsqu'il y en a peu pour l'agréable. Et souvent aussi nous sommes incertains si c'est encore le besoin que nous avons de soutenir notre vie qui nous porte à continuer de manger, ou si c'est l'enchantement trompeur de la volupté qui nous emporte. Notre âme infortunée se plaît dans une telle incertitude, et elle se prépare d'y trouver des excuses pour se défendre. Elle se réjouit de ce qu'il est difficile de déterminer ce qui suffit aux besoins du corps, afin que le prétexte de la santé lui serve de voile pour satisfaire sans scrupule à la passion de la volupté.

Je m'efforce continuellement, Seigneur, de résister à cette tentation : j'implore le secours de votre main toute-puissante, et je vous représente les agitations de mon esprit, parce que je ne sais pas bien encore ce que je dois faire en ces rencontres. J'entends votre voix qui me dit : « Ne vous laissez point emporter à la gourmandise ni à l'ivrognerie[1]. » Je suis très éloigné de l'ivrognerie, et j'espère qu'avec votre assistance je ne serai jamais si malheureux que de m'y laisser aller.

Mais quelquefois la gourmandise, c'est-à-dire le plaisir de manger et de boire, me surprend. Vous aurez s'il vous plaît pitié de moi, afin que cela n'arrive point : car nul ne peut être sobre si vous ne lui en faites la grâce. Vous accordez beaucoup de choses à nos prières, et si nous avons reçu quelque bien avant même que de vous avoir prié, nous ne laissons pas de l'avoir reçu de vous. Et même de ce que nous savons de qui nous l'avons reçu, c'est vous qui nous l'avez fait connaître. Je n'ai jamais été sujet à l'ivrognerie ; mais j'ai connu des ivrognes que vous avez rendus sobres. C'est donc vous qui avez fait, que ceux qui ne l'ont jamais été ne l'ont point été, et que ceux qui l'ont été, ne le sont plus ; de même que c'est vous qui avez fait que les uns et les autres ont su à qui ils avaient cette obligation.

J'ai entendu aussi une autre de vos paroles : « Ne vous laissez point emporter à la concupiscence, et détournez-vous de la volupté qui se présente à vos yeux [1]. » Vous m'avez fait la grâce d'entendre aussi cette autre parole qui m'a extrêmement touché le cœur : « Soit que nous mangions, nous n'en aurons rien de plus ; soit que nous ne mangions pas, nous n'en aurons rien de moins. » Ce qui veut dire, que ni l'une de ces deux choses ne me rendra heureux, ni l'autre ne me rendra malheureux. J'ai entendu aussi cette autre parole : « J'ai appris à me contenter de l'état où je me trouve ; je sais comment il faut vivre dans l'abondance, et de quelle sorte il faut souffrir la nécessité : et je puis tout en celui qui me fortifie. » Voilà comme parle un soldat de la milice céleste, et non pas comme nous autres qui ne sommes que poussière. Mais souvenez-vous, Seigneur, que si nous sommes poussière, c'est de la poussière que vous avez formé l'homme ; et que cet homme s'étant perdu par sa faute, vous l'avez retrouvé par votre grâce. Et celui-là même dont j'admire ces paroles que vous lui avez inspirées, ne pouvait rien de lui-même non plus que nous. « Je puis tout, dit-il, en celui qui me fortifie. Fortifiez-moi, Seigneur, afin que je puisse ce que je ne puis par moi-même. Donnez-moi la grâce d'accomplir ce que vous me commandez ; et commandez-moi ce que vous voudrez. » Ce grand Apôtre confesse qu'il n'a rien qu'il n'ait reçu, et que c'est en vous qu'il se glorifie de ce dont il se glorifie[1]. J'ai entendu un autre de vos serviteurs qui vous demande la même grâce. « Détournez loin de moi, dit-il, les désirs de la gourmandise. » Par où il paraît, mon Dieu, qui êtes la sainteté même, que lorsque l'on accomplit ce que vous commandez, c'est vous qui nous le faites accomplir par votre grâce.

Vous m'avez aussi appris, vous qui êtes mon bon Père, que toutes choses sont pures pour ceux qui sont purs ; mais qu'il y a du péché à user des viandes avec le scandale du prochain ; que toutes vos créatures sont bonnes ; qu'il ne faut rien refuser de ce qui peut être mangé avec action de grâces ; que ce n'est pas la viande qui nous rend recommandables à Dieu ; que personne ne nous doit juger par le manger et par le boire ; que celui qui mange ne doit pas mépriser celui qui ne mange pas, et que celui qui ne mange pas, ne doit pas condamner celui qui mange. J'ai appris toutes ces choses : je vous en rends grâces, et je vous en loue, Seigneur, qui m'avez voulu en cela servir de maître, en frappant à mes oreilles et en éclairant mon cœur. Délivrez-moi, mon Dieu, de toutes sortes de tentations.

Je ne crains pas qu'il y ait de l'impureté dans les viandes ; mais j'appréhende l'impureté de la gourmandise. Je sais qu'il a été permis à Noé de manger de tous les animaux qui étaient bons à manger. Je sais qu'Élie mangea de la chair, et que saint Jean dans son admirable abstinence n'a pas été souillé pour avoir mangé des sauterelles. Je sais au contraire qu'Ésaü a perdu son droit d'aînesse pour avoir mangé des lentilles ; et que David s'est accusé d'avoir désiré de boire de l'eau, et que Jésus-Christ qui est notre Roi n'a pas été tenté avec de la chair, mais avec du pain. Aussi le peuple dans le désert ne mérita pas d'être réprouvé de Dieu, à cause simplement qu'il désira de manger de la chair, mais parce que ce désir le fit murmurer contre son Seigneur et contre son Maître.

Me trouvant donc au milieu de ces tentations, je combats tous les jours contre l'excès qui se peut glisser dans le manger et le boire. Car ce n'est pas une chose que je me puisse résoudre une fois pour toutes de retrancher entièrement, ainsi que je l'ai pu faire pour ce qui regarde les femmes : il faut en ceci donner un frein à son appétit par un juste tempérament entre le trop et le trop peu. Et qui est celui, Seigneur, qui ne s'emporte pas quelquefois au-delà des bornes de la nécessité ? Quel qu'il soit, il est bien parfait, et doit bien glorifier votre saint nom. Pour moi je ne suis pas tel, car je suis un pécheur : mais je ne laisserai pas néanmoins de glorifier votre nom, et de me consoler de cette espérance, que celui qui a vaincu le monde, et qui me considère comme l'une des parties les plus faibles et les plus infirmes de son corps, intercède envers vous pour mes péchés, parce que vos yeux ne dédaignent pas de regarder ce qu'il y a encore d'imparfait dans le corps de votre Église, et d'écrire tous vos serviteurs dans votre livre.

## CHAPITRE XXXII

*Des odeurs ; et qu'il n'y a rien d'assuré en cette vie.*

Je ne me mets pas beaucoup en peine de ce qui regarde le plaisir qui se rencontre dans les odeurs. Lorsqu'elles sont éloignées de moi, je ne les recherche point, et quand elles se présentent à moi, je ne les rejette pas, étant néanmoins tout près d'en être privé pour jamais. Il me semble que cela est ainsi : mais peut-être que je me trompe; car l'un de nos plus déplorables aveuglements est de connaître si peu ce que nous pouvons, que notre esprit lorsqu'il s'examine sur ses propres forces, trouve qu'il ne doit pas aisément ajouter foi à soi-même, parce qu'il ignore le plus souvent ce qui est caché dans lui, si l'expérience ne le lui découvre. Et personne ne se doit tenir assuré en cette vie, qui est une tentation continuelle, ne sachant pas si comme de méchant il a pu devenir bon, de bon il ne deviendra point méchant. Votre miséricorde est l'unique espérance, l'unique confiance, et l'unique promesse assurée dont on ne saurait douter.

## CHAPITRE XXXIII

*Du plaisir de l'ouïe, et de l'utilité du chant de l'Église.*

Les charmes de l'oreille m'attachaient et me captivaient beaucoup davantage : mais vous m'en avez dégagé mon Dieu, et m'avez délivré de cette attache. J'avoue néanmoins que je trouve encore du plaisir dans les chants animés de votre parole, quand ils sont mêlés avec l'harmonie d'une voix douce et savante en la musique ; mais je ne m'y arrête pas de telle sorte que je ne m'en retire quand il me plaît. Ils semblent toutefois avoir quelque droit de me demander que je les reçoive avec les sentences de l'Écriture, qui sont comme leur vie et leur âme, et que je leur donne une place honorable dans mon cœur, en quoi j'ai peine à garder la modération.

Car il me semble que quelquefois je leur défère davantage que je ne devrais, sentant mon esprit plus ardemment touché de dévotion par ces saintes paroles lorsqu'elles sont ainsi chantées, que si elles ne l'étaient pas; et j'éprouve que par je ne sais quelle secrète sympathie toutes les diverses passions de notre esprit ont du rapport avec les divers tons de la voix et du chant qui les excitent et les réveillent. Mais le plaisir de l'oreille qui ne devrait pas affaiblir la vigueur de notre esprit, me trompe souvent lorsque le sens de l'ouïe n'accompagne pas la raison de telle sorte qu'il se contente de la suivre, et qu'au lieu de se souvenir que ce n'a été que pour l'amour d'elle qu'on lui a fait la faveur de le recevoir, il veut entreprendre de la précéder et de la conduire. Ainsi je pèche sans y penser ; mais après je m'en aperçois.

Quelquefois voulant être trop sur mes gardes pour éviter cette tromperie, je pèche par un excès de sévérité, lorsque je désire de voir pour jamais éloigner de mes oreilles, et de celles de l'Église, tous les chants harmonieux dont on a accoutumé de chanter les psaumes de David, et que j'estime plus utile ce que je me souviens d'avoir si souvent ouï dire de saint Athanase[1], Patriarche d'Alexandrie, qu'il les faisait chanter avec si peu d'inflexion de voix, que celui qui les récitait, semblait plutôt parler que chanter.

Mais d'autre part, quand je me souviens des larmes que les chants de votre Église me firent répandre au commencement de ma conversion, et qu'encore maintenant je me sens touché non pas par le chant, mais par les choses qui sont chantées, lorsqu'elles le sont avec une voix nette et distincte, et du ton qui leur est le plus propre, je rentre dans l'opinion que cette coutume est très utile. Ainsi je balance entre le péril qu'il y a de rechercher le plaisir, et l'expérience que j'ai faite de l'avantage que l'on reçoit de ces choses, et me sens plus porté, sans néanmoins prononcer sur cela un arrêt irrévocable, à approuver que la coutume de chanter se conserve dans l'Église, afin que par le plaisir qui touche l'oreille, l'esprit encore faible s'élève dans les sentiments de la piété. Toutefois lorsqu'il arrive que le chant me touche davantage que ce que l'on chante, je confesse avoir commis un péché qui mérite châtiment ;

et j'aimerais alors beaucoup mieux n'avoir point entendu chanter.

Voilà les dispositions dans lesquelles je me trouve sur ce sujet. Pleurez avec moi, et pleurez pour moi, vous qui étudiez à régler si bien le dedans de votre âme qu'on en voit l'effet dans vos actions. Car quant à ceux qui n'ont pas ce soin, ces choses ne les touchent point. Et vous, mon Seigneur et mon Dieu, aux yeux duquel j'ai exposé mes langueurs, et tout ce que j'ai moi-même bien de la peine à découvrir, exaucez-moi, regardez-moi, ayez pitié de moi, et guérissez-moi.

## CHAPITRE XXXIV

*Des plaisirs de la vue.*

Il ne me reste plus à parler que des plaisirs de ces yeux terrestres dont je veux confesser toutes les fautes ; et je désire que les oreilles de votre saint temple, ces oreilles fraternelles et charitables les écoutent. Ainsi j'achèverai le discours de toutes les tentations de la volupté de la chair, qui me persécutent, cependant que je soupire, et que je souhaite d'entrer en la possession de cette heureuse demeure que vous me préparez dans le ciel.

Les yeux aiment la diversité des beaux objets, et les couleurs vives et agréables. Mais que ces objets n'arrêtent point mon âme : que Dieu seul l'arrête, lui qui a créé toutes ces choses, et qui les a créées toutes bonnes. Mais c'est lui seul qui est mon unique bien et non pas elles. Ces objets lorsque je veille et durant le jour frappent mes yeux, et ne me donnent point de trêves comme les sons m'en donnent assez souvent, soit que je n'en entende point d'harmonieux, soit que je n'en entende aucun, comme il arrive quelquefois, lorsque je me trouve dans un grand silence. Car la lumière, cette reine des couleurs qui se répand sur tout ce que nous voyons me flatte durant le jour par mille divers attraits, lors même que je pense à autre chose, et que je ne prends pas garde à elle : elle se glisse si avant dans nous et nous devient si agréable, que s'il arrive qu'elle nous soit tout d'un coup ravie, nous la recherchons avec ardeur, et notre esprit demeure triste si nous en sommes privés pour longtemps.

Ô lumière que voyait Tobie, lorsque étant aveugle des yeux du corps, il enseignait à son fils le véritable chemin de la vie, et sans s'égarer jamais, marchait devant lui avec les pieds de la charité ! Ô lumière que le Patriarche Isaac, quoique son âge eût appesanti et fermé les yeux charnels de son corps, ne laissa pas de voir des yeux spirituels de son âme, lorsqu'il mérita, non de bénir ses enfants en les connaissant, mais de les connaître en les bénissant ! Ô lumière que voyait Jacob, lorsque la vieillesse lui ayant aussi fait perdre la vue, son cœur éclairé par la grâce lui fit prévoir en la personne de ses enfants la fécondité du peuple à venir, et croiser mystérieusement les mains sur ses petits-fils, non selon que Joseph lui marquait au-dehors, mais selon ce que lui-même discernait au-dedans[1].

Voilà quelle est la véritable lumière, l'unique lumière ; et tous ceux qui la voient et qui l'aiment, ne sont tous ensemble qu'une même chose. Au contraire cette lumière corporelle dont je parlais, répand dans la vie du siècle une malheureuse douceur, et mille attraits dangereux qui la rendent agréable à ses aveugles amants. Mais ceux qui savent en tirer des sujets de vous louer, ô Dieu créateur de toutes choses, la font servir à votre gloire, au lieu de se perdre par elle, comme font les autres, dans l'assoupissement et le sommeil de leurs âmes. C'est ainsi que je désire d'être.

Je résiste aux tromperies des yeux, de peur qu'ils n'arrêtent mes pieds, qui commencent, ô mon Dieu, à marcher dans vos saintes voies. J'élève vers vous mes yeux invisibles, afin que vous retiriez mes pieds des filets qui les engagent. Vous les en dégagez souvent, parce que souvent ils s'y prennent. Vous ne cessez point de les en retirer, parce qu'en toute rencontre je me trouve arrêté dans les pièges qui me sont tendus de toutes parts, et que vous qui êtes la garde d'Israël, ne dormez ni ne sommeillez jamais.

Combien les hommes par tant de différents arts et de différents ouvrages, ont-ils ajouté d'attraits à ces tentations qui nous charment par les yeux, soit dans les habits ou dans les meubles, dans les peintures et autres choses pareilles, où ils vont beaucoup au-delà des bornes de la nécessité et d'une modération raisonnable, et même de ce qui peut servir à la représentation des choses de piété, s'attachant ainsi au-dehors aux ouvrages de leurs mains, et abandonnant au-dedans celui dont ils sont l'ouvrage, et effaçant en eux-mêmes les traits de cet ouvrage divin ? De moi, mon Dieu, qui êtes toute ma gloire, cela même m'est un sujet de chanter un cantique à votre gloire, et d'offrir à celui qui me sanctifie un sacrifice de louange.

Car je sais que ces beautés qui passent de l'esprit dans les mains ingénieuses des artisans, procèdent de cette beauté qui est au-dessus de nos esprits, et vers laquelle mon âme soupire nuit et jour. Ces artisans et ceux qui sont passionnés de ces beautés extérieures, tirent de cette beauté première l'idée qui les leur fait agréer : mais ils n'en tirent pas la lumière qui leur apprendrait à en bien user. Elle y est, et toutefois ils ne l'y aperçoivent pas, et ne voient pas qu'ils n'ont point besoin de passer plus outre, mais seulement de conserver toutes leurs forces pour votre service, sans les dissiper en les employant à de vains plaisirs qui ne produisent que de l'ennui.

Et moi-même, qui parle ainsi et qui fais ce discernement, je ne laisse pas de tomber dans le piège de ces beautés visibles, qui ne sont que de faibles crayons[1] de votre invisible et souveraine beauté. Mais vous m'en retirez, Seigneur, vous m'en retirez, d'autant que votre miséricorde est toujours présente à mes yeux. Ainsi je me laisse prendre, parce que je suis faible et misérable ; et vous me délivrez, parce que vous êtes bon et miséricordieux : vous le faites quelquefois sans que je m'en aperçoive, parce que j'étais tombé sans y penser, et quelquefois aussi avec douleur, parce que j'avais déjà quelque attache.

## CHAPITRE XXXV

*De la seconde tentation qui est de la curiosité.*

À cette tentation il s'en joint une d'une autre sorte, qui est en toutes manières plus périlleuse. Car outre cette concupiscence de la chair qui se rencontre dans tous les plaisirs des sens, et de ces voluptés qui se font aimer avec tant de passion par ceux qui s'éloignent de vous, il y a dans l'âme une passion volage, indiscrète et curieuse, qui se couvrant du nom de science, la porte à se servir des sens, non plus pour prendre plaisir dans la chair, mais pour faire des épreuves et acquérir des connaissances par la chair. Et parce qu'elle consiste en un désir de connaître, et que la vue est le premier de tous les sens en ce qui regarde la connaissance, le Saint-Esprit l'a appelée la concupiscence des yeux.

Car encore qu'il n'y ait proprement que les yeux qui voient, nous ne laissons pas néanmoins d'user de ce terme en parlant des autres sens, lorsque nous les appliquons à ce qui concerne la connaissance. Ainsi nous ne disons pas : « Écoutez comme il est brillant, ou sentez comme il est clair, ou goûtez comme il est lumineux, ou touchez comme il est resplendissant » : mais l'on use pour tout du mot de voir. Et ne nous contentant pas de dire : « Voyez quelle clarté c'est là », ce qui appartient seulement aux yeux, nous disons aussi : « Voyez quel est ce son ; voyez quelle est cette odeur ; voyez quelle est cette saveur, voyez quelle est cette dureté. »

Tellement que comme j'ai dit, toute sorte d'expérience qui se fait par les sens, s'appelle généralement la concupiscence des yeux, parce que lorsque les autres sens veulent entrer dans la connaissance de quelque chose, ils usurpent en quelque manière l'office de voir, qui appartient aux yeux par prérogative et par éminence. Or il n'est pas difficile de discerner ce que les sens font par volupté ou par curiosité : la volupté ne cherche que les beaux objets, les sons harmonieux, les odeurs agréables, les goûts délicieux, et ce qui peut plaire à l'attouchement. Et la curiosité s'attache même à des sujets tout contraires, et se porte aux choses fâcheuses et désagréables, non pour en ressentir de la peine et de la douleur, mais par le désir qui la pousse à vouloir tout savoir et tout éprouver. Car quel plaisir y a-t-il de voir un corps mort déchiré de coups qu'on ne peut regarder qu'avec horreur ? Et néanmoins lorsqu'il s'en rencontre, tous y courent pour s'attrister et pour en avoir de l'effroi, quoiqu'ils craignent même de revoir en songe un objet semblable ; comme si lorsqu'ils étaient éveillés on les avait contraints de le voir, ou qu'ils y fussent portés par la pensée qu'il y avait quelque beauté dans ce qu'ils désiraient de voir. Il en est de même des autres sens ; ce qui serait trop long à expliquer par le menu.

C'est cette maladie qui a fait trouver ce que l'on voit avec admiration dans les spectacles : c'est elle qui nous pousse à la recherche des secrets cachés de la nature qui ne nous regardent point, qu'il est inutile de connaître, et que les hommes ne veulent savoir que pour les savoir seulement : c'est elle qui fait qu'il se trouve aussi des personnes, qui pour satisfaire à ce malheureux désir de tout connaître ont recours à la magie : et c'est elle enfin qui dans la religion même ose tenter Dieu, en lui demandant des prodiges et des miracles par le seul désir d'en voir, et non pour l'utilité qui en doive naître.

Ô mon Dieu, mon Sauveur, combien par votre assistance et par votre grâce ai-je fait de retranchements en mon cœur dans cette vaste forêt pleine de tant d'embûches et de dangers ? Et néanmoins le cours de notre vie se trouvant incessamment environné et assiégé de tous côtés d'un si grand nombre de périls de cette sorte, quand est-ce que j'oserai dire que nulle de ces choses ne me rend attentif à la regarder, et ne me fait point tomber dans une vaine curiosité ? Il est vrai que le plaisir du théâtre ne me touche plus ; que je ne me soucie point de connaître le cours des astres ; que je n'ai jamais consulté les ombres des morts ; et que j'abhorre toutes ces pactions[1] sacrilèges qui se font avec les démons. Mais, Seigneur mon Dieu, auquel je dois servir avec humilité et simplicité, quels efforts cet immortel ennemi des hommes ne fait-il point par ses tentations et par ses ruses, afin de me porter à vous demander quelque miracle ? Je vous conjure par Jésus-Christ notre Roi, et par notre chère patrie, cette céleste Jérusalem qui est toute pure et toute chaste, que comme j'ai été fort éloigné jusqu'ici de consentir à cette tentation, je le sois toujours de plus en plus.

Mais lorsqu'il arrive, mon Dieu, que j'implore votre assistance pour la santé de quelqu'un, ma fin est alors fort différente de celle que j'aurais si c'était la curiosité qui me poussât. Et comme en cela vous ne faites que ce qu'il vous plaît, vous me faites aussi la grâce, et j'espère que vous me la ferez toujours, de recevoir de bon cœur tout ce qui arrive. Néanmoins qui pourrait dire en combien de légères occasions et de choses de néant nous sommes tous les jours tentés par la curiosité, et combien souvent nous y succombons ? Combien de fois arrive-t-il que lorsqu'on nous conte des choses frivoles nous les souffrons d'abord par tolérance, afin de ne pas choquer les esprits faibles, et qu'ensuite nous nous portons peu à peu à les écouter avec plaisir ? Je ne vais plus voir dans le cirque courir un chien après un lièvre : mais si passant par hasard dans une campagne j'y rencontre une chose semblable, elle me divertira[1] peut-être de quelque grande pensée et m'attirera vers elle, non pas en me contraignant de quitter mon chemin pour pousser mon cheval de ce côté-là, mais en portant mon cœur à le suivre. Et si en me faisant voir ma faiblesse, vous ne me faites promptement connaître que je dois même dans cette circonstance trouver des sujets d'élever mon esprit vers vous, ou la mépriser entièrement et passer outre, je demeure comme immobile dans ce vain amusement.

Que dirai-je aussi de ce qu'étant quelquefois assis dans la maison, un lézard qui prend des mouches, ou une araignée qui les enveloppe dans ses filets me donne de l'attention ? Quoique ces animaux soient petits, cet amusement n'est-il pas le même qu'en des choses plus importantes ? Je passe de là à vous louer, ô mon Dieu, qui avez créé toutes choses, et qui les ordonnez avec une sagesse si admirable : mais ce n'est pas par là qu'a commencé mon attention ; et il y a grande différence entre se relever promptement et ne tomber pas. Toute ma vie est pleine de telles rencontres, et tout mon esprit consiste en votre extrême miséricorde. Car lorsque notre esprit se remplit de ces fantômes, et qu'il porte sans cesse avec soi une infinité de vaines pensées, il arrive de là que nos prières mêmes en sont souvent troublées et interrompues, et que lorsque étant en votre présence nous nous efforçons de vous faire entendre la voix de notre cœur, une action de telle importance est traversée par des imaginations frivoles, qui viennent de je ne sais où, se jeter comme à la foule dans notre esprit. Estimerons-nous que cela soit peu de chose ? Et sur quoi devons-nous nous appuyer, que sur l'espérance que nous avons que votre miséricorde qui a commencé à nous changer, achèvera son ouvrage ?

## CHAPITRE XXXVI

*De la troisième tentation, qui est l'orgueil. Comment on peut désirer légitimement d'être craint et aimé des hommes.*

Vous savez, Seigneur, combien vous m'avez changé, vous qui avez commencé par me délivrer de la passion de la vengeance, pour vous rendre ensuite favorable à me pardonner aussi mes autres péchés, à guérir toutes mes langueurs, et à retirer mon âme du désordre où elle était, afin de me couronner par votre compassion et par votre miséricorde, et combler mes souhaits de toutes sortes de biens. C'est vous qui avez étouffé mon orgueil par la crainte de vos jugements, et m'avez soumis avec douceur à votre saint joug, que je porte à cette heure et qui me semble léger, parce que vous l'aviez ainsi promis, et que vous avez accompli votre promesse. Et en effet il était léger lors même que j'appréhendais de m'y soumettre, mais je ne le savais pas.

Dites-moi je vous prie, mon Dieu, vous qui seul régnez sans orgueil, parce que vous êtes le seul véritable Seigneur qui n'en reconnaît point d'autre ; dites-moi je vous supplie si je suis délivré, ou si je pourrai l'être en toute ma vie de cette troisième sorte de tentation, qui nous porte à vouloir être craints et aimés des hommes, sans autre dessein que d'en recevoir une joie qui n'est pas une véritable joie. Cette vie n'est que misère, et la vanité n'est qu'une honteuse folie. De là vient principalement que l'on ne vous aime, et que l'on ne vous craint pas avec la pureté que l'on devrait. C'est pourquoi vous résistez aux superbes, et donnez votre grâce aux humbles : vous tonnez sur la tête des ambitieux du siècle, et les fondements des montagnes tremblent.

Ainsi parce qu'il est nécessaire pour maintenir la société humaine, que ceux qui sont en dignité comme nous, soient aimés et craints des hommes, l'ennemi de notre véritable bonheur, et qui tend ses pièges partout, nous presse et nous crie : « Courage ! courage ! » afin qu'embrassant avec trop d'ardeur les témoignages d'amour et de respect que l'on nous rend, nous soyons surpris sans y penser, et que cessant d'établir notre joie dans l'amour de la vérité, nous la mettions dans les mensonges et les tromperies des hommes, en prenant plaisir à être aimés et être craints, non pas pour l'amour de vous, mais au lieu de vous ; et qu'ainsi le démon nous rendant semblables à lui, il nous entraîne avec lui, non pour vivre ensemble dans l'union de la charité, mais pour être compagnons de son supplice, lui qui a mis son trône sur l'Aquilon, afin d'avoir pour ses esclaves ceux qui par des voies égarées entreprennent à son imitation de se rendre égaux à vous, et ainsi tombent dans les ténèbres et dans la froideur opposée à votre amour.

Quant à nous, Seigneur, qui sommes votre petit troupeau, nous voici en votre présence. Prenez possession de nos âmes, et couvrez-nous de vos ailes, afin que nous soyons en assurance sous votre divine protection. Vous êtes toute notre gloire : ne soyons aimés qu'à cause de vous, ni craints que parce que nous portons votre parole. Celui qui veut être loué des hommes quand vous le blâmez, ne sera pas défendu des hommes lorsque vous le jugerez, ni arraché par eux d'entre vos mains lorsque vous le condamnerez. Or quand le pécheur n'est point loué de ses injustes désirs, ni béni à cause de ses mauvaises actions, mais qu'on loue seulement un homme à cause de quelque grâce que vous lui faites, s'il prend davantage de plaisir à être loué, qu'à posséder cette grâce qui fait qu'on le loue, il se trouve que lorsqu'on le loue vous le blâmez, et que celui qui loue est meilleur que celui qui est loué, parce que l'un révère en l'homme le don de Dieu, et l'autre fait plus d'estime de la louange qui n'est que le don d'un homme, que de la grâce, qui est le don de Dieu même.

## CHAPITRE XXXVII

*Il déclare quelle était la disposition de son âme touchant le blâme et la louange.*

Seigneur, nous sommes tous les jours et sans relâche éprouvés par ces diverses tentations : la langue des hommes nous est tous les jours ce que la fournaise est à l'or ; et vous nous commandez d'être en cela comme en tout le reste dans la modération et la retenue. Donnez-nous la grâce d'accomplir ce que vous nous commandez, et commandez-nous ce que vous voudrez. Vous savez combien mon cœur pousse de soupirs vers vous sur ce sujet, et combien mes yeux versent de ruisseaux de larmes. Car j'ai peine à discerner combien je suis moins engagé que je ne l'étais dans cette corruption, et je crains extrêmement pour mes péchés cachés que vos yeux connaissent, et que les miens ne connaissent pas.

Dans les autres sortes de tentations j'ai quelque moyen de m'examiner : mais dans celle-ci je n'en ai presque point. Car en ce qui regarde les plaisirs des sens, et la vaine curiosité de savoir, je discerne bien jusqu'à quel point j'ai gagné sur mon esprit de réprimer mes passions quand je suis privé de ces choses, ou par ma propre volonté, ou par leur absence, parce qu'alors je m'interroge moi-même, et je reconnais si je suis peu ou beaucoup touché de ne les posséder plus. Et quant aux richesses que l'on ne désire que pour satisfaire à une, à deux, ou à toutes les trois de ces passions, si notre esprit ne peut discerner par lui-même s'il les méprise lorsqu'il les possède, il peut l'éprouver en les quittant.

Mais pour nous priver de toutes louanges, et éprouver en cela le pouvoir que nous avons sur nous-mêmes, devons-nous mal vivre, ou même nous abandonner à de si grands dérèglements, qu'il n'y ait un seul de tous ceux qui nous connaissent qui ne nous ait en horreur ? Quelle plus grande folie pourrait-on dire ou s'imaginer ? Que si la louange a toujours été et doit toujours être la compagne de la bonne vie et des bonnes mœurs, nous ne devons non plus abandonner cette suite de la bonne vie, qu'abandonner la bonne vie même. Et cependant ce n'est que quand les choses nous manquent, que nous pouvons reconnaître s'il nous serait facile ou difficile de souffrir d'en être privés.

De quoi me confesserai-je donc à vous, mon Dieu, dans cette sorte de tentation, sinon de ce qu'il est vrai que je ressens quelque joie des louanges que l'on me donne ; mais que j'en ressens beaucoup davantage de la vérité qui me semble donner un juste sujet à ces louanges, que non pas des louanges mêmes. Car si j'avais le choix, ou d'être loué de tout le monde étant extravagant et très ignorant en toutes choses, ou d'en être blâmé étant sage et très instruit de la vérité, je sais bien lequel des deux je choisirais.

Toutefois je voudrais bien que le témoignage que les autres portent en ma faveur, n'augmentât point la satisfaction que je reçois du bien qui peut être en moi. Je confesse néanmoins, non seulement qu'il l'augmente, mais que le blâme la diminue ; et lorsque je m'afflige de ce défaut, il se présente à mon esprit des excuses pour le défendre. C'est à vous, Seigneur, à juger quelles elles peuvent être, puisque pour moi je ne sais qu'en dire. Car à cause que vous nous avez commandé non seulement la continence, qui nous montre ce que nous devons ne pas aimer, mais aussi la justice qui nous apprend ce que nous devons aimer ; et que ne nous contentant pas que nous ayons de l'amour pour vous, vous voulez aussi que notre charité s'étende jusqu'à notre prochain, il me semble que souvent je me réjouis de son avancement, ou de l'espérance qu'il en donne lorsque je prends plaisir aux louanges de celui à qui vous avez fait comprendre ce qui mérite d'être loué dans les hommes ; et qu'au contraire, je m'afflige pour son intérêt, lorsque je vois qu'il blâme ce qu'il n'entend point ou ce qui est bon.

Je me fâche même quelquefois de mes propres louanges, soit que l'on fasse cas en moi des choses qui m'y déplaisent, ou que l'on y estime de petites choses beaucoup plus qu'elles ne méritent de l'être. Mais que sais-je si ce sentiment ne procède point de ce que je ne puis souffrir que celui qui me loue ait une opinion de moi différente de celle que j'en ai moi-même ? Non qu'en cela je sois touché de son intérêt, mais parce que ces mêmes bonnes qualités qui me plaisent en moi, me sont encore plus agréables lorsqu'elles plaisent aussi aux autres : car c'est en quelque manière ne me louer pas, que de ne louer pas l'opinion que je porte de moi-même, ainsi qu'il arrive lorsqu'on loue en moi les choses qui m'y déplaisent, ou que l'on y loue davantage celles qui m'y plaisent le moins.

Ne me connais-je donc point moi-même en cela ? Je vois bien en vous, Seigneur, qui êtes la vérité, que je ne dois être touché des louanges que l'on me donne qu'à cause de l'utilité de mon prochain, et non pas à cause de moi. Mais je ne sais pas si j'en use de la sorte. Et en cela je vous connais mieux, ô mon Dieu, qui êtes la vérité éternelle, laquelle m'apprend que je dois être dans cette disposition, que je ne me connais moi-même pour savoir si j'y suis. Je vous conjure donc, mon Dieu, de me faire voir moi-même à moi-même, afin que j'avoue et que je montre à mes frères qui pourront vous prier pour moi, les plaies que je découvrirai dans mon âme.

Je veux passer encore plus avant à examiner le fond de mon cœur. Si ce n'est que par la considération de l'utilité de mon prochain, que je prends plaisir d'être loué, pourquoi ressens-je moins le blâme injuste qu'on lui donne que celui que je reçois ? Pourquoi suis-je plus touché lorsque l'on médit de moi, que lorsque avec aussi peu de raison l'on médit d'un autre en ma présence ? Dirai-je que j'en ignore aussi la cause ? et userai-je encore de ce moyen afin de me tromper moi-même, et faire voir devant vous que je ne suis véritable, ni dans mon cœur ni dans mes paroles ?

Seigneur, éloignez de moi cette folie, de peur que mes propres discours ne soient comme l'huile dont le pécheur voudrait huiler ma tête par ses flatteries. Je suis pauvre et misérable ; et tout ce que j'ai de meilleur, c'est que gémissant en secret je me déplais à moi-même, et recherche votre miséricorde jusqu'à ce que je me corrige de mes défauts, et que par un parfait renouvellement j'arrive à cette heureuse paix que l'œil du superbe ne connaît point.

## CHAPITRE XXXVIII

*Combien la vaine gloire est dangereuse.*

Nos paroles et nos actions quand elles éclatent devant les hommes, donnent sujet à une tentation très périlleuse par l'amour de la louange, qui s'efforce d'attirer des applaudissements recherchés pour faire estimer en nous quelque qualité avantageuse ; et lorsque je condamne cela dans moi, je reconnais qu'en cela même que je le condamne, ce que je condamne s'y peut rencontrer : car il arrive souvent que ceux qui font profession de mépriser la vaine gloire, se glorifient de ce mépris avec encore plus de vanité ; et ainsi ce n'est plus du mépris de la vaine gloire qu'ils se glorifient, puisque ce n'est pas la mépriser que de se glorifier de ce mépris dans le cœur.

## CHAPITRE XXXIX

*De la complaisance en soi-même.*

Nous avons encore en cette espèce de tentation un autre mal au-dedans de nous : c'est la vanité de ceux qui sont dans la complaisance d'eux-mêmes, quoiqu'ils ne plaisent pas aux autres, ou que même ils leur déplaisent, et qu'ils ne se soucient pas de leur plaire. Car en se plaisant à eux-mêmes, ils vous déplaisent beaucoup, mon Dieu, non seulement lorsqu'ils se glorifient des choses qui ne sont pas bonnes comme si elles l'étaient, mais aussi lorsqu'ils se glorifient des grâces que vous leur avez faites, comme s'ils ne les tenaient pas de vous ; ou comme si les tenant de vous ils les avaient obtenues par leurs mérites ; ou lors même que croyant les tenir de votre pure bonté et sans les avoir méritées, ils ne les possèdent pas dans la joie d'une union sainte avec leurs frères, mais leur envient les mêmes grâces, étant bien aises d'avoir sujet de se préférer aux autres. Dans tous ces dangers et autres semblables, vous voyez, mon Dieu, les appréhensions de mon cœur, et je reconnais que si ces plaies ne me causent pas tant de mal, c'est plutôt que votre main les guérit à mesure que je les reçois, que non pas que je ne les reçoive point.

CHAPITRE XL

*Il reprend tout ce qu'il a traité dans ce livre, et premièrement comme il a recherché Dieu dans toutes les créatures et dans soi-même.*

Seigneur, qui êtes l'éternelle vérité, avez-vous jamais manqué de marcher avec moi, et de m'instruire de ce que j'avais à fuir ou à rechercher, lorsque je vous ai rapporté le mieux que j'ai pu mes pensées les plus secrètes, et que j'ai eu recours à votre assistance touchant ma conduite ? J'ai considéré le plus attentivement qu'il m'a été possible par mes sens extérieurs toutes les parties du monde. J'ai tâché de découvrir dans moi-même toutes les fonctions et les puissances de cette vie qui m'anime, et de passer jusqu'à la connaissance de mes propres sens. De là je suis entré dans les diverses étendues des replis de ma mémoire, qui par tant de manières admirables sont pleins d'une innombrable multitude de différentes images ; je les ai considérées, et j'en suis demeuré tout épouvanté.

Mais après avoir fait cette revue générale de toute la nature et de moi-même, j'ai reconnu que tout ce que j'en comprenais, était par votre lumière et votre assistance ; et que vous n'étiez, mon Dieu, aucune de toutes ces choses ; et que moi-même je n'étais pas vous non plus qu'elles, bien que ce fût moi qui les découvrais, qui les remarquais toutes l'une après l'autre, qui m'efforçais de les distinguer entre elles, et de les estimer chacune en particulier selon leur dignité et leur excellence, qui recevais les unes par l'entremise des sens, qui en examinais d'autres que je trouvais dans moi-même sans y être venues d'ailleurs, qui remarquais le nombre et la diversité des sens qui m'en avaient fait leur rapport, et qui lorsque ma mémoire était remplie de ces trésors en maniais les uns, mettais les autres comme en réserve, et retirais de leurs replis ceux dont je me voulais servir.

Non, Seigneur, je ne suis point ce que vous êtes, quoique je fasse toutes ces choses : la puissance par laquelle je les fais, n'est point ce que je cherche, lorsque je cherche mon Dieu. Car vous êtes cette lumière immuable que je consultais sur toutes choses, pour savoir si elles étaient, quelles elles étaient, et l'estime que j'en devais faire. Et j'écoutais sur cela votre parole intérieure qui m'instruisait, et me servait de règle et de loi ; et c'est ce que je fais souvent : c'est où je trouve du repos, et un plaisir ineffable. Et tout le temps qui me peut rester de libre, après avoir satisfait aux occupations où la nécessité m'engage, je le donne à cette sainte et innocente volupté.

Or dans toutes ces choses que mon esprit considère en consultant votre éternelle lumière, je ne trouve aucun lieu assuré pour mettre mon âme, si ce n'est en vous qui pouvez seul rassembler tout ce qui s'est dissipé en moi parmi la multitude des créatures, et faire qu'il n'y ait plus rien qui s'éloigne jamais de vous. Quelquefois, Seigneur, vous me faites entrer dans des sentiments extraordinaires, et jouir dans le plus secret de mon âme d'une certaine douceur si grande et si merveilleuse, que si vous permettiez qu'elle reçût son entier accomplissement en moi, elle passerait à je ne sais quoi qui ne serait plus cette vie, tant ce bonheur serait extrême ; mais je retombe dans les misères de l'état déplorable où nous vivons par le poids de ce corps mortel. Je me trouve emporté comme par le torrent des choses qui nous environnent tous les jours. Je me sens engagé dans ces liens, et je verse beaucoup de larmes ; mais je ne laisse pas pour cela d'y demeurer toujours engagé ; tant il est difficile de résister au poids de la coutume qui nous entraîne. Je puis demeurer en cet état, et je ne le veux pas : je voudrais en être délivré, et je ne le puis. Ainsi de tous côtés je suis misérable.

## CHAPITRE XLI

*Qu'on ne doit rechercher que Dieu seul.*

J'ai considéré toutes les langueurs où le péché a réduit mon âme en m'examinant sur les trois passions d'où naissent tous les désordres des hommes : la volupté, la curiosité et l'orgueil ; et j'ai imploré le secours de votre main toute-puissante pour trouver quelque espérance de salut dans une si grande misère. Car ayant vu l'éclat de votre gloire avec un cœur blessé et des yeux malades, j'ai dit tout ébloui d'une si grande lumière : « Qui est celui qui peut porter sa vue jusque-là ? » Et j'ai été rejeté bien loin de la splendeur de votre face. Vous êtes la vérité qui préside sur toutes choses ; et mon avidité insatiable a fait que je ne vous ai pas voulu perdre, mais que j'ai voulu posséder aussi avec vous ce qui n'est que mensonge et que vanité, comme les menteurs veulent tout ensemble, et savoir la vérité, et la déguiser aux autres par leurs mensonges. Mais par cette conduite, Seigneur, je vous ai perdu, parce que vous ne pouvez souffrir qu'on veuille vous posséder avec le mensonge.

## CHAPITRE XLII

*Des Platoniciens qui ont eu recours aux démons, comme à des médiateurs entre Dieu et les hommes.*

Qui pouvais-je trouver qui fût capable de me réconcilier avec vous ? Devais-je avoir recours aux Anges ? Et de quelles prières, de quelles cérémonies me fallait-il user pour cela ? Je sais que plusieurs[1] s'efforçant de retourner à vous, et ne le pouvant d'eux-mêmes, ont tenté une telle voie, et se laissant emporter à la curiosité et au désir d'avoir des visions extraordinaires, ils ont mérité de tomber dans l'illusion. Car ils vous cherchaient avec le faste et la vanité d'une science présomptueuse, pensant plutôt à s'élever par de hautes connaissances, qu'à s'humilier par la reconnaissance de leurs péchés. Et ainsi par la ressemblance de leur cœur avec celui des démons, ils ont eu pour compagnons et pour associés de leur orgueil les puissances de l'air qu'ils ont attirées, et qui les ont trompés par la magie, lorsque cherchant un médiateur pour être purifiés, ils en ont rencontré un qui était bien éloigné de le pouvoir être véritablement, puisque c'était le diable qui se transformait en un Ange de lumière.

Et ce qui a beaucoup servi à tromper ces superbes, c'est qu'il n'était pas comme eux revêtu d'un corps de chair ; car ils étaient mortels et pécheurs : et vous, Seigneur, auquel ils cherchaient avec orgueil de se réconcilier, êtes immortel et sans péché. Or il fallait que le médiateur entre Dieu et les hommes, eût quelque chose de semblable à Dieu, et quelque chose de semblable aux hommes, afin que n'étant pas entièrement semblable aux hommes, il ne fût pas trop éloigné de Dieu, et que n'étant pas entièrement semblable à Dieu, il ne fût pas trop éloigné des hommes, et par conséquent incapable de leur servir de médiateur. Ainsi ce faux médiateur par lequel vos secrets jugements permettent que l'orgueil des superbes soit trompé comme ils le méritent, a une chose commune avec les hommes, savoir le péché ; et d'autant qu'il n'est pas revêtu d'un corps mortel, il veut faire croire qu'il en a une autre commune avec Dieu, savoir l'immortalité : mais parce que la mort est la récompense du péché, et que le péché lui est commun avec les hommes, il sera condamné aussi bien qu'eux à une mort éternelle.

## CHAPITRE XLIII

*Que Jésus-Christ est notre seul véritable Médiateur. De la pensée qu'il avait eue de se retirer dans le désert.*

Mais le véritable Médiateur que vous avez fait connaître aux humbles par votre secrète miséricorde, et que vous avez envoyé afin de les instruire à l'humilité par son exemple, ce Médiateur entre Dieu et les hommes, Jésus-Christ homme, devant paraître entre le juste immortel et les pécheurs mortels, s'est fait voir mortel et juste; mortel avec les hommes, et juste avec Dieu; afin que la vie et la paix étant les récompenses de la justice, par la justice qu'il avait commune avec Dieu, il ruinât dans les pécheurs qu'il rendrait justes, la mort qu'il a bien voulu avoir commune avec eux. C'est lui qui a été prédit aux Saints des siècles passés, afin qu'ils fussent sauvés par la foi de sa passion qui devait arriver, ainsi que nous le sommes par la foi de sa passion déjà arrivée. Et c'est en tant qu'homme qu'il est Médiateur, puisqu'en tant que Verbe, il ne le peut être, parce qu'il est égal à Dieu, et que c'est un Dieu résidant en Dieu, qui avec son Père et le Saint-Esprit n'est qu'un même Dieu.

Jusqu'à quel excès nous avez-vous donc aimés, ô Père tout bon et tout miséricordieux, puisque vous n'avez pas épargné votre Fils unique, mais l'avez livré à la mort pour le salut des pécheurs? Jusqu'à quel excès nous avez-vous aimés, nous pour qui celui qui n'a point cru ravir votre gloire en se publiant égal à vous, s'est rendu obéissant jusqu'à la mort, et à la mort de la Croix; lui qui étant le seul libre entre les morts avait la puissance de quitter son âme et de la reprendre; qui pour nous s'est offert à vous comme vainqueur et comme victime, et qui n'a été vainqueur que parce qu'il a été victime; qui pour nous s'est offert à vous comme sacrificateur et sacrifice; et qui n'a été sacrificateur que parce qu'il a été sacrifice; qui d'esclaves que nous étions, nous a rendus vos enfants par la naissance qu'il tire de vous, et par son assujettissement aux hommes. C'est en lui que j'établis avec raison la ferme espérance que j'ai conçue, que vous guérirez toutes mes langueurs, par lui qui est assis à votre droite, et qui implore votre miséricorde pour nous. Car sans cela je me laisserais emporter au désespoir. Il est vrai que mes faiblesses sont très grandes et en très grand nombre : elles le sont, je l'avoue; mais le remède que vous pouvez y donner, est encore beaucoup plus grand et plus puissant.

Nous eussions pu croire que votre Verbe était trop éloigné de nous pour avoir aucune alliance avec nous, et ainsi désespérer de notre salut, s'il ne se fût point fait chair, et n'eût point demeuré parmi nous. Étant épouvanté de la multitude de mes péchés et accablé sous le poids de mes misères, j'avais pensé en moi-même, et comme résolu de m'enfuir en quelque désert; mais vous m'en avez empêché, et m'avez rassuré en disant : « Jésus-Christ est mort pour tous les hommes, afin que ceux qui vivent ne vivent plus à eux-mêmes, mais à celui qui est mort pour eux[1]. »

Je remets donc, Seigneur, entre vos mains le soin de tout ce qui me regarde, afin que je vive, et que je considère les merveilles de votre loi. Vous connaissez mon ignorance et ma faiblesse : instruisez-moi, et guérissez-moi. Cet adorable Médiateur, votre Fils unique dans lequel sont cachés tous les trésors de la sagesse et de la science, m'a racheté par son sang. Je ne crains point les calomnies des superbes, parce que je connais quel est le prix de la victime offerte pour ma rançon : je mange son corps, je bois son sang : je les distribue aux autres; et parce que je suis encore pauvre, je désire d'être rassasié de ce pain céleste avec ceux qui le mangent et en sont rassasiés, sachant que ceux qui cherchent le Seigneur ne manqueront point à publier ses louanges.

# DOSSIER

# CHRONOLOGIE
## 354-430

*Les références entre parenthèses renvoient aux* Confessions.

354. Naissance d'Augustin le 13 novembre à Thagaste, dans la province romaine de Numidie (à l'est de l'Algérie actuelle), dans une famille sans doute de race berbère. Son père, Patricius, petit propriétaire foncier, est païen ; sa mère, Monique, est une chrétienne fervente. Conformément à une pratique courante, l'enfant est inscrit comme catéchumène, mais ne reçoit pas le baptême, qu'on différait souvent jusqu'à l'âge adulte de la pleine responsabilité. Romain d'Afrique, Augustin va assister aux crises de l'empire, où se succèdent empereurs et usurpateurs : les *Confessions* feront allusion à Julien (361-363), Valentinien II et surtout Théodose (379-395).

361. Entrée à l'école du *litterator*, à Thagaste, comparable à notre école primaire (I,9).

366. Début des études « secondaires » à Madaure, une ville voisine (I,13).

369-370. Interruption des études ; retour à Thagaste ; premiers désordres ; mort de Patricius (livre II).

370. Arrivée à Carthage : reprise des études ; liaison d'où naîtra en 372 un fils, Adéodat (III,1-3).

373. Lecture de l'*Hortensius* de Cicéron, traité aujourd'hui perdu (III,4). Adhésion au manichéisme (III,6). Songe de Monique (III,11).

374-376. Professeur de rhétorique à Thagaste. C'est à ce moment qu'il perd l'un de ses amis les plus chers (IV,4).

376-383. Professeur de rhétorique à Carthage (IV,7). En 380, composition de son premier traité, *De pulchro et apto* (IV, 13-15), aujourd'hui perdu. Rencontre avec le manichéen Fauste. Premiers doutes sur la solidité des conceptions manichéennes (V,1-7).

383. Au début de l'automne, Augustin gagne Rome pour y enseigner (V,8).

384. À l'automne, Augustin, appuyé par ses amis manichéens, est nommé professeur de rhétorique à Milan (V,13). Il y admire la prédication de l'évêque Ambroise.

385. Au printemps, sa mère le rejoint à Milan (VI,1). Il commence à découvrir les beautés de la Bible (VI,4-5).

386. Réflexions sur le mystère du mal (VII,1-8). En mai-juin, Augustin découvre les « livres des platoniciens » (VII,9-10). Il lit ensuite les *Lettres* de saint Paul (VII,21), consulte le théologien Simplicien (VIII,1-2), reçoit la visite de Ponticianus, qui lui fait connaître la *Vie d'Antoine* (VIII,6).

À la fin de juillet ou au début d'août, crise dans le jardin de Milan (VIII,12) : conversion au catholicisme.

Trois ou quatre semaines plus tard, Augustin résigne ses fonctions (IX,2) et se retire à Cassiciacum, près de Milan, où il rédige ses premiers *Dialogues* et les *Soliloques*.

387. Au début de l'année, Augustin rentre à Milan et se prépare au baptême, qu'il reçoit au cours de la nuit pascale (24 au 25 avril), en même temps que son ami Alypius et son fils Adéodat.

Augustin séjourne ensuite à Rome. À l'automne, extase d'Ostie (IX,10), puis mort de Monique (IX,11).

388. À l'automne, embarquement pour l'Afrique.

388-391. Vie monastique à Thagaste. En 389, mort d'Adéodat.

391. Augustin est ordonné prêtre à Hippone (près de l'actuelle Annaba, sur la côte algérienne).

395 ou 396. Nomination comme coadjuteur, puis comme évêque d'Hippone. Il conservera ce siège épiscopal jusqu'à sa mort.

*Du lendemain de son baptême à sa mort, Augustin a composé une œuvre monumentale, multipliant les vues saisissantes en toutes sortes de domaines : 118 traités, 218 lettres, plus de 500 sermons. Cette production foisonnante prend place au cours des trois grandes controverses auxquelles son auteur se trouva mêlé. Rares sont les traités qui, comme l'ouvrage* De la Trinité, *demeurent en marge de ces débats.*

387-400. CONTROVERSES AVEC LES MANICHÉENS.

388-389. *Des mœurs de l'Église catholique.*

389. *Commentaires anti-manichéen de la Genèse.*

394. Début des *Développements sur les Psaumes* (394-422). *Commentaires de saint Paul* (394-395).

396. *Questions diverses à Simplicien*, conseiller de l'évêque de Milan.

396-426. *De la doctrine chrétienne.*

397-400. *Confessions.*

398-404. *Contre Fauste le manichéen.*

400-412. CONTROVERSES AVEC LES DONATISTES.

Le donatisme — du nom de Donat, évêque de Carthage — était un schisme qui déchirait l'Église d'Afrique depuis 311. Il considérait comme déchus les prêtres et les évêques qui venaient de faillir pendant la persécution de Dioclétien, et soutenait que la validité des sacrements dépendait de la sainteté de ceux qui les dispensent.

404. *La Catéchèse des débutants.*

399-422. *De la Trinité.*

401-414. *Commentaire littéral de la Genèse.*

406-407. *Traités sur saint Jean* (repris et achevés en 418).

410. PRISE ET PILLAGE DE ROME PAR ALARIC.

Cette terrible secousse du monde antique est à l'origine de *La Cité de Dieu.*

412-430. CONTROVERSES AVEC LES PÉLAGIENS.

Le moine Pélage, établi à Rome vers 400, développait l'idée que la transgression d'Adam n'avait affecté que lui, que tout homme naît innocent et n'a aucun besoin d'une grâce divine pour s'établir durablement dans le bien. Attaquée violemment par Augustin, cette hérésie fut condamnée au concile œcuménique d'Éphèse (431).

412. *Des pécheurs : mérites et rémission.*

413-427. *La Cité de Dieu.*

415. *De la nature et de la Grâce.*

418. *De la Grâce du Christ et du péché originel.*
*Du mariage et de la concupiscence.*

421-422. *Contre Julien* (théologien pélagien).
*Enchiridion.*

425. *De la Grâce et du libre arbitre.*

426. *De la correction et de la Grâce.*

426-427. *Révisions (Retractationes).*

429. *De la prédestination des saints.*
*Du don de la persévérance.*

428-430. *Ouvrage inachevé contre Julien.*

430. Mort d'Augustin, le 28 août, dans Hippone assiégée par les Vandales.

## ORIENTATION BIBLIOGRAPHIQUE


### SUR SAINT AUGUSTIN

*Deux introductions générales :*

MARROU (Henri-Irénée), *Saint Augustin et l'augustinisme*, Seuil, « Maîtres spirituels », 1955 et rééd.

BROWN (Peter), *La Vie de saint Augustin* [1967], Seuil, 1971, rééd. « Points », 2001 (une biographie passionnante, qui présente en même temps les œuvres et l'évolution de la pensée).

*Deux introductions à la pensée :*

PORTALIÉ (E.), « Augustin », dans le *Dictionnaire de théologie catholique*, tome I, Letouzey et Ané, 1902 (les axes de la théologie).

GILSON (Étienne), *Introduction à l'étude de saint Augustin*, Vrin, 1929 et rééd. (perspective surtout philosophique).

*Deux éditions savantes des « Confessions » :*

*Les Confessions*, Desclée de Brouwer, « Bibliothèque augustinienne » (volumes 13 et 14), 1962 et rééd. Texte latin ; traduction d'E. Tréhorel et G. Bouissou ; introduction et notes d'A. Solignac. Malheureusement la bibliographie n'a pas été remise à jour depuis 1962 ; il faut donc recourir aux bulletins bibliographiques annuels publiés par la *Revue d'études augustiniennes et patristiques* (3 rue de l'Abbaye, 75006 Paris).

*Les Confessions*, in *Œuvres, I*, Gallimard, « Bibliothèque de la Pléiade », 1998. Traduction, présentation et notes de P. Cambronne.

### SUR ARNAULD D'ANDILLY

SAINTE-BEUVE (Charles-Augustin), *Port-Royal* [1840-1859], Gallimard, « Bibliothèque de la Pléiade », 3 vol., 1953-1955.

LEDOS (E. G.), « Arnauld d'Andilly », dans le *Dictionnaire de biographie française*, tome III, 1939.

JANSEN (Paule), *Arnauld d'Andilly défenseur de Port-Royal (1654-1659)*, Vrin, 1973.

*Regole della traduzione, Testi inediti di Port-Royal...*, éditées par L. de Nardis, Naples, 1991 (textes remarquables d'Arnauld d'Andilly, Antoine Lemaître et Lemaître de Sacy).

ARNAULD D'ANDILLY, *La Manière de cultiver les arbres fruitiers* [1652], Paris, Réunion des Musées Nationaux, 1993, (superbe réédition, suivie du portrait de Timante-Andilly dans la *Clélie* de M^lle^ de Scudéry).

Après Arnauld d'Andilly, les principales traductions des *Confessions* ont été celles de Philippe Goibaud-Dubois (1686), dom Jacques Martin (1741), Pierre de Labriolle (1925), Joseph Trabucco (1937), Gustave Combès (1942) et Louis de Mondadon (1947). On note aussi la nouvelle traduction de Frédéric Boyer sous le titre *Les Aveux* aux éditions P.O.L. (2008).

# PRINCIPES D'ÉDITION

La présente édition reproduit le texte de la dernière édition des *Confessions* parue du vivant de Robert Arnauld d'Andilly, en 1671. La Bibliothèque des études augustiniennes, à Paris, en possède un exemplaire, sur lequel nous avons pu travailler grâce à l'obligeance amicale du R. Père Georges Folliet.

L'orthographe a été modernisée, à la réserve de l'usage des majuscules en cours de phrases. La ponctuation de l'original a été conservée dans toute la mesure où elle ne risquait pas de gêner la compréhension du lecteur moderne. La langue d'Arnauld d'Andilly est agréable et d'accès aisé. Les rares mots qui ont changé de sens ont été élucidés par une note. Quelques « faux amis » reviennent fréquemment sous la plume du traducteur, mais leur petit nombre rend facile d'en éviter le piège : *créance* (au sens de croyance), *la superbe* (l'orgueil), *superbe* (orgueilleux), *viande* (nourriture), *subsistance* (acte de demeurer dans l'être), *effet* (fait), *en effet* (en réalité), *espèces* (apparences), *ressentiment* (sentiment en retour), *entendre* (comprendre).

L'annotation a obéi à deux principes : la sobriété, de façon à ne pas interrompre continuellement la lecture ; la clarté, qui imposait d'expliquer toute mention sur laquelle le lecteur pouvait buter. Maints chapitres des *Confessions* constituent de véritables mosaïques bibliques : seuls les textes qu'Augustin ou son traducteur signale comme des citations ont fait l'objet d'une note. Les références aux Psaumes renvoient à la numérotation hébraïque du Psautier.

Le titre donné ici au livre X est de la rédaction du présentateur. Les titres des chapitres reproduisent ceux de la traduction d'Arnauld d'Andilly.

# NOTES

*Page 23.*

1. Évangile de saint Jean, 3,21.

*Page 24.*

1. Psaume 5,13.

*Page 27.*

1. Diverses remarques éparses dans ce chapitre, dont celle-ci, ont conduit plusieurs exégètes des *Confessions* à penser que les livres I à IX avaient commencé à circuler, et qu'un certain délai se serait écoulé avant qu'Augustin reprenne la plume pour achever son ouvrage. Il vient d'évoquer ceux qui ont entendu les autres parler de lui ou lui-même se raconter.

*Page 32.*

1. Anaximène, philosophe du VIe siècle av. J.-C., pensait que l'air était le Principe de toutes choses.

*Page 35.*

1. Ici commence une longue méditation sur la mémoire, qui occupe une grande partie du livre X. La réflexion philosophique s'est fréquemment référée à ce texte, très original par rapport aux rares développements que l'Antiquité a consacré à ce thème avec Aristote et Plotin. Le mot espèces, utilisé à plusieurs reprises, a souvent son sens latin : apparences.

*Page 41.*

1. Possible : peut-être.

*Page 45.*

1. Cette classification, d'origine stoïcienne, a été transmise à Augustin par Cicéron.

*Page 51.*

1. Évangile de saint Luc, 15,8-10.

*Page 63.*

1. Cette magnifique pause lyrique, qui sépare réflexion sur la mémoire et analyse des formes dévoyées du désir, a fasciné de nombreux esprits. Saint François de Sales, Fénelon aimaient la citer. Renan lui-même l'a reprise, en la laïcisant, dans sa Prière sur l'Acropole. La perfection de l'élaboration poétique et la densité de thèmes chers à Augustin invitent à donner ici le texte latin, disposé de façon à mettre en évidence le travail sur les rythmes :
*Sero Te amavi,*
*pulchritudo tam antiqua et tam nova,*
*sero Te amavi.*
*Et ecce intus eras, et ego foris,*
*et ibi Te quaerebam*
*et in ista formosa, quae fecisti, deformis inruebam.*
*Mecum eras, et Tecum non eram.*
*Ea me tenebant longe a Te,*
*quae si in Te non essent, non essent.*
*Vocasti et clamasti et rupisti surditatem meam,*
*coruscasti, splenduisti et fugasti caecitatem meam,*
*fragrasti, et duxi spiritum et anhelo tibi,*
*gustavi et esurio et sitio,*
*tetigisti me, et exarsi in pacem tuam.*

*Page 65.*

1. Livre de la Sagesse, 8,21.

*Page 66.*

1. Première lettre de saint Jean, 2,16. Ce texte biblique est à l'origine de la tripartition des conduites mauvaises : voluptés, « curiosité » (désir effréné de voir et de savoir, dans des domaines futiles, étrangers à notre destinée), orgueil (ou « superbe »).

*Page 68.*

1. Première lettre aux Corinthiens, 6,13 et 15,53.

*Page 69.*

1. Évangile de saint Luc, 21,34.

*Page 70.*

1. Livre de l'Ecclésiastique, 18,30. Augustin cite ensuite la Première lettre aux Corinthiens, 8,8, et la Lettre aux Philippiens, 4,11.

*Page 71.*

1. Première lettre aux Corinthiens, 1,27-31. Augustin cite ensuite le Livre de l'Ecclésiastique, 23,6. Les deux paragraphes suivants constituent une véritable mosaïque biblique.

*Page 74.*

1. Athanase d'Alexandrie, exilé à cinq reprises à cause de sa lutte contre l'hérésie arienne, était mort en 373.

*Page 76.*

1. Les exemples cités renvoient au Livre de Tobie, 4,2 ; puis au Livre de la Genèse, chapitres 27,48 et 49.

*Page 77.*

1. Crayons : esquisses.

*Page 80.*

1. Pactions : conventions, clauses d'un traité.

*Page 81.*

1. Voici l'un des textes d'où est née la célèbre théorie pascalienne du « divertissement » (*Pensées*, liasse « Divertissement », etc.).

*Page 91.*

1. Augustin s'en prend en particulier au philosophe néoplatonicien Porphyre (234-310), disciple et éditeur de Plotin (205-270), et auteur d'un traité *Du retour de l'âme* où — selon *La Cité de Dieu* (livre IX) — la remontée vers Dieu s'effectuait par l'intermédiaire d'anges.

*Page 94.*

1. Deuxième lettre aux Corinthiens, 5,15. Tout le chapitre est une pure mosaïque biblique.

## CONFESSIONS



### LIVRE X
### TEMPS PRÉSENT, MÉMOIRE ET DÉSIR

DOSSIER

# COLLECTION FOLIO

*Dernières parutions*

| | |
|---|---|
| 4451. La Rochefoucauld | *Mémoires.* |
| 4452. Chico Buarque | *Budapest.* |
| 4453. Pietro Citati | *La pensée chatoyante.* |
| 4454. Philippe Delerm | *Enregistrements pirates.* |
| 4455. Philippe Fusaro | *Le colosse d'argile.* |
| 4456. Roger Grenier | *Andrélie.* |
| 4457. James Joyce | *Ulysse.* |
| 4458. Milan Kundera | *Le rideau.* |
| 4459. Henry Miller | *L'œil qui voyage.* |
| 4460. Kate Moses | *Froidure.* |
| 4461. Philip Roth | *Parlons travail.* |
| 4462. Philippe Sollers | *Carnet de nuit.* |
| 4463. Julie Wolkenstein | *L'heure anglaise.* |
| 4464. Diderot | *Le Neveu de Rameau.* |
| 4465. Roberto Calasso | *Ka.* |
| 4466. Santiago H. Amigorena | *Le premier amour.* |
| 4467. Catherine Henri | *De Marivaux et du Loft.* |
| 4468. Christine Montalbetti | *L'origine de l'homme.* |
| 4469. Christian Bobin | *Prisonnier au berceau* |
| 4470. Nina Bouraoui | *Mes mauvaises pensées.* |
| 4471. Françoise Chandernagor | *L'enfant des Lumières.* |
| 4472. Jonathan Coe | *La Femme de hasard.* |
| 4473. Philippe Delerm | *Le bonheur.* |
| 4474. Pierre Magnan | *Ma Provence d'heureuse rencontre.* |
| 4475. Richard Millet | *Le goût des femmes laides.* |
| 4476. Pierre Moinot | *Coup d'État.* |
| 4477. Irène Némirovsky | *Le maître des âmes.* |
| 4478. Pierre Péju | *Le rire de l'ogre.* |
| 4479. Antonio Tabucchi | *Rêves de rêves.* |
| 4480. Antonio Tabucchi | *L'ange noir.* (à paraître) |
| 4481. Ivan Gontcharov | *Oblomov.* |
| 4482. Régine Detambel | *Petit éloge de la peau.* |
| 4483. Caryl Férey | *Petit éloge de l'excès.* |
| 4484. Jean-Marie Laclavetine | *Petit éloge du temps présent.* |
| 4485. Richard Millet | *Petit éloge d'un solitaire.* |
| 4486. Boualem Sansal | *Petit éloge de la mémoire.* |

| | |
|---|---|
| 4487. Alexandre Dumas | *Les Frères corses.* (à paraître) |
| 4488. Vassilis Alexakis | *Je t'oublierai tous les jours.* |
| 4489. René Belletto | *L'enfer.* |
| 4490. Clémence Boulouque | *Chasse à courre.* |
| 4491. Giosuè Calaciura | *Passes noires.* |
| 4492. Raphaël Confiant | *Adèle et la pacotilleuse.* |
| 4493. Michel Déon | *Cavalier, passe ton chemin!* |
| 4494. Christian Garcin | *Vidas* suivi de *Vies volées.* |
| 4495. Jens Christian Grøndahl | *Sous un autre jour.* |
| 4496. Régis Jauffret | *Asiles de fous.* |
| 4497. Arto Paasilinna | *Un homme heureux.* |
| 4498. Boualem Sansal | *Harraga.* |
| 4499. Quinte-Curce | *Histoire d'Alexandre.* |
| 4500. Jérôme Garcin | *Cavalier seul.* |
| 4501. Olivier Barrot | *Décalage horaire.* |
| 4502. André Bercoff | *Retour au pays natal.* |
| 4503. Arnaud/Barillé/Cortanze/Maximin | *Paris Portraits.* |
| 4504. Alain Gerber | *Balades en jazz.* |
| 4505. David Abiker | *Le musée de l'homme.* |
| 4506. Bernard du Boucheron | *Coup-de-Fouet.* |
| 4507. Françoise Chandernagor | *L'allée du Roi.* |
| 4508. René Char | *Poèmes en archipel.* |
| 4509. Sophie Chauveau | *Le rêve Botticelli.* |
| 4510. Benoît Duteurtre | *La petite fille et la cigarette.* |
| 4511. Hédi Kaddour | *Waltenberg.* |
| 4512. Philippe Le Guillou | *Le déjeuner des bords de Loire.* |
| 4513. Michèle Lesbre | *La Petite Trotteuse.* |
| 4514. Edwy Plenel | *Procès.* |
| 4515. Pascal Quignard | *Sordidissimes. Dernier Royaume, V.* |
| 4516. Pascal Quignard | *Les Paradisiaques. Dernier Royaume, IV.* |
| 4517. Danièle Sallenave | *La Fraga.* |
| 4518. Renée Vivien | *La Dame à la louve.* |
| 4519. Madame Campan | *Mémoires sur la vie privée de Marie-Antoinette.* |
| 4520. Madame de Genlis | *La Femme auteur.* |
| 4521. Elsa Triolet | *Les Amants d'Avignon.* |
| 4522. George Sand | *Pauline.* |
| 4523. François Bégaudeau | *Entre les murs.* |

| | |
|---|---|
| 4524. Olivier Barrot | *Mon Angleterre. Précis d'Anglopathie.* |
| 4525. Tahar Ben Jelloun | *Partir.* |
| 4526. Olivier Frébourg | *Un homme à la mer.* |
| 4527. Franz-Olivier Giesbert | *Le sieur Dieu.* |
| 4528. Shirley Hazzard | *Le Grand Incendie.* |
| 4529. Nathalie Kuperman | *J'ai renvoyé Marta.* |
| 4530. François Nourissier | *La maison Mélancolie.* |
| 4531. Orhan Pamuk | *Neige.* |
| 4532. Michael Pye | *L'antiquaire de Zurich.* |
| 4533. Philippe Sollers | *Une vie divine.* |
| 4534. Bruno Tessarech | *Villa blanche.* |
| 4535. François Rabelais | *Gargantua.* |
| 4536. Collectif | *Anthologie des humanistes européens de la renaissance.* |
| 4537. Stéphane Audeguy | *La théorie des nuages.* |
| 4538. J. G. Ballard | *Crash!* |
| 4539. Julian Barnes | *La table citron.* |
| 4540. Arnaud Cathrine | *Sweet home.* |
| 4541. Jonathan Coe | *Le cercle fermé.* |
| 4542. Frank Conroy | *Un cri dans le désert.* |
| 4543. Karen Joy Fowler | *Le club Jane Austen.* |
| 4544. Sylvie Germain | *Magnus.* |
| 4545. Jean-Noël Pancrazi | *Les dollars des sables.* |
| 4546. Jean Rolin | *Terminal Frigo.* |
| 4547. Lydie Salvayre | *La vie commune.* |
| 4548. Hans-Ulrich Treichel | *Le disparu.* |
| 4549. Amaru | *La Centurie. Poèmes amoureux de l'Inde ancienne.* |
| 4550. Collectif | *«Mon cher papa...» Des écrivains et leur père.* |
| 4551. Joris-Karl Huysmans | *Sac au dos* suivi de *À vau l'eau.* |
| 4552. Marc-Aurèle | *Pensées (Livres VII-XII).* |
| 4553. Valery Larbaud | *Mon plus secret conseil...* |
| 4554. Henry Miller | *Lire aux cabinets.* |
| 4555. Alfred de Musset | *Emmeline.* |
| 4556. Irène Némirovsky | *Ida* suivi de *La comédie bourgeoise.* |
| 4557. Rainer Maria Rilke | *Au fil de la vie.* |

| | |
|---|---|
| 4558. Edgar Allan Poe | *Petite discussion avec une momie et autres histoires extraordinaires.* |
| 4559. Madame de Duras | *Ourika. Édouard. Olivier ou le Secret.* |
| 4560. François Weyergans | *Trois jours chez ma mère.* |
| 4561. Robert Bober | *Laissées-pour-compte.* |
| 4562. Philippe Delerm | *La bulle de Tiepolo.* |
| 4563. Marie Didier | *Dans la nuit de Bicêtre.* |
| 4564. Guy Goffette | *Une enfance lingère.* |
| 4565. Alona Kimhi | *Lily la tigresse.* |
| 4566. Dany Laferrière | *Le goût des jeunes filles.* |
| 4567. J.M.G. Le Clézio | *Ourania.* |
| 4568. Marie Nimier | *Vous dansez?* |
| 4569. Gisèle Pineau | *Fleur de Barbarie.* |
| 4570. Nathalie Rheims | *Le Rêve de Balthus.* |
| 4571. Joy Sorman | *Boys, boys, boys.* |
| 4572. Philippe Videlier | *Nuit turque.* |
| 4573. Jane Austen | *Orgueil et préjugés.* |
| 4574. René Belletto | *Le Revenant.* |
| 4575. Mehdi Charef | *À bras-le-cœur.* |
| 4576. Gérard de Cortanze | *Philippe Sollers. Vérités et légendes.* |
| 4577. Leslie Kaplan | *Fever.* |
| 4578. Tomás Eloy Martínez | *Le chanteur de tango.* |
| 4579. Harry Mathews | *Ma vie dans la CIA.* |
| 4580. Vassilis Alexakis | *La langue maternelle.* |
| 4581. Vassilis Alexakis | *Paris-Athènes.* |
| 4582. Marie Darrieussecq | *Le Pays.* |
| 4583. Nicolas Fargues | *J'étais derrière toi.* |
| 4584. Nick Flynn | *Encore une nuit de merde dans cette ville pourrie.* |
| 4585. Valentine Goby | *L'antilope blanche.* |
| 4586. Paula Jacques | *Rachel-Rose et l'officier arabe.* |
| 4587. Pierre Magnan | *Laure du bout du monde.* |
| 4588 Pascal Quignard | *Villa Amalia.* |
| 4589. Jean-Marie Rouart | *Le Scandale.* |
| 4590. Jean Rouaud | *L'imitation du bonheur.* |
| 4591. Pascale Roze | *L'eau rouge.* |

| | |
|---|---|
| 4592. François Taillandier | *Option Paradis. La grande intrigue, I.* |
| 4593. François Taillandier | *Telling. La grande intrigue, II.* |
| 4594. Paula Fox | *La légende d'une servante.* |
| 4595. Alessandro Baricco | *Homère, Iliade.* |
| 4596. Michel Embareck | *Le temps des citrons.* |
| 4597. David Shahar | *La moustache du pape* et autres nouvelles. |
| 4598. Mark Twain | *Un majestueux fossile littéraire* et autres nouvelles. |
| 4599. André Velter | *Zingaro suite équestre* (nouvelle édition) |
| 4600. Tite-Live | *Les Origines de Rome.* |
| 4601. Jerome Charyn | *C'était Broadway.* |
| 4602. Raphaël Confiant | *La Vierge du Grand Retour.* |
| 4603. Didier Daeninckx | *Itinéraire d'un salaud ordinaire.* |
| 4604. Patrick Declerck | *Le sang nouveau est arrivé. L'horreur SDF.* |
| 4605. Carlos Fuentes | *Le Siège de l'Aigle.* |
| 4606. Pierre Guyotat | *Coma.* |
| 4607. Kenzaburô Ôé | *Le faste des morts.* |
| 4608. J.-B. Pontalis | *Frère du précédent.* |
| 4609. Antonio Tabucchi | *Petites équivoques sans importance.* |
| 4610. Gonzague Saint Bris | *La Fayette.* |
| 4611. Alessandro Piperno | *Avec les pires intentions.* |
| 4612. Philippe Labro | *Franz et Clara.* |
| 4613. Antonio Tabucchi | *L'ange noir.* |
| 4614. Jeanne Herry | *80 étés.* |
| 4615. Philip Pullman | *Les Royaumes du Nord. À la croisée des mondes, I.* |
| 4616. Philip Pullman | *La Tour des Anges . À la croisée des mondes, II.* |
| 4617.Philip Pullman | *Le Miroir d'Ambre. À la croisée des mondes, III.* |

| | |
|---|---|
| 4618. Stéphane Audeguy | *Petit éloge de la douceur.* |
| 4619. Éric Fottorino | *Petit éloge de la bicyclette.* |
| 4620. Valentine Goby | *Petit éloge des grandes villes.* |
| 4621. Gaëlle Obiégly | *Petit éloge de la jalousie.* |
| 4622. Pierre Pelot | *Petit éloge de l'enfance.* |
| 4623. Henry Fielding | *Histoire de Tom Jones.* |
| 4624. Samina Ali | *Jours de pluie à Madras.* |
| 4625. Julian Barnes | *Un homme dans sa cuisine.* |
| 4626. Franz Bartelt | *Le bar des habitudes.* |
| 4627. René Belletto | *Sur la terre comme au ciel.* |
| 4628. Thomas Bernhard | *Les mange-pas-cher.* |
| 4629. Marie Ferranti | *Lucie de Syracuse.* |
| 4630. David McNeil | *Tangage et roulis.* |
| 4631. Gilbert Sinoué | *La reine crucifiée* |
| 4632. Ted Stanger | *Sacrés Français ! Un Américain nous regarde.* |
| 4633. Brina Svit | *Un cœur de trop.* |
| 4634. Denis Tillinac | *Le venin de la mélancolie.* |
| 4635. Urs Widmer | *Le livre de mon père.* |
| 4636. Thomas Gunzig | *Kuru.* |
| 4637. Philip Roth | *Le complot contre l'Amérique.* |
| 4638. Bruno Tessarech | *La femme de l'analyste.* |
| 4639. Benjamin Constant | *Le Cahier rouge.* |
| 4640. Carlos Fuentes | *La Desdichada.* |
| 4641. Richard Wright | *L'homme qui a vu l'inondation* suivi de *Là-bas, près de la rivière.* |
| 4642. Saint-Simon | *La Mort de Louis XIV.* |
| 4643. Yves Bichet | *La part animale.* |
| 4644. Javier Marías | *Ce que dit le majordome.* |
| 4645. Yves Pagès | *Petites natures mortes au travail.* |
| 4646. Grisélidis Réal | *Le noir est une couleur.* |
| 4647. Pierre Senges | *La réfutation majeure.* |
| 4648. Gabrielle Wittkop | *Chaque jour est un arbre qui tombe.* |
| 4649. Salim Bachi | *Tuez-les tous.* |
| 4650. Michel Tournier | *Les vertes lectures.* |
| 4651. Virginia Woolf | *Les Années.* |
| 4652. Mircea Eliade | *Le temps d'un centenaire* suivi de *Dayan.* |
| 4653. Anonyme | *Une femme à Berlin. Journal 20 avril-22 juin 1945.* |

| | |
|---|---|
| 4654. Stéphane Audeguy | *Fils unique.* |
| 4655. François Bizot | *Le saut du Varan.* |
| 4656. Pierre Charras | *Bonne nuit, doux prince.* |
| 4657. Paula Fox | *Personnages désespérés.* |
| 4658. Angela Huth | *Un fils exemplaire.* |
| 4659. Kazuo Ishiguro | *Auprès de moi toujours.* |
| 4660. Luc Lang | *La fin des paysages.* |
| 4661. Ian McEwan | *Samedi.* |
| 4662. Olivier et Patrick Poivre d'Arvor | *Disparaître.* |
| 4663. Michel Schneider | *Marilyn dernières séances.* |
| 4664. Abbé Prévost | *Manon Lescaut.* |
| 4665. Cicéron | *«Le bonheur dépend de l'âme seule».* Tusculanes, *livre V.* |
| 4666. Collectif | *Le pavillon des Parfums-Réunis.* et autres nouvelles chinoises des Ming. |
| 4667. Thomas Day | *L'automate de Nuremberg.* |
| 4668. Lafcadio Hearn | *Ma première journée en Orient* suivi de *Kizuki le sanctuaire le plus ancien du Japon.* |
| 4669. Simone de Beauvoir | *La femme indépendante.* |
| 4670. Rudyard Kipling | *Une vie gaspillée* et autres nouvelles. |
| 4671. D. H. Lawrence | *L'épine dans la chair* et autres nouvelles. |
| 4672. Luigi Pirandello | *Eau amère.* et autres nouvelles. |
| 4673. Jules Verne | *Les révoltés de la Bounty* suivi de *maître Zacharius.* |
| 4674. Anne Wiazemsky | *L'île.* |
| 4675. Pierre Assouline | *Rosebud.* |
| 4676. François-Marie Banier | *Les femmes du métro Pompe.* |
| 4677. René Belletto | *Régis Mille l'éventreur.* |
| 4678. Louis de Bernières | *Des oiseaux sans ailes.* |
| 4679. Karen Blixen | *Le festin de Babette.* |
| 4680. Jean Clair | *Journal atrabilaire.* |
| 4681. Alain Finkielkraut | *Ce que peut la littérature.* |
| 4682. Franz-Olivier Giesbert | *La souille.* |
| 4683. Alain Jaubert | *Lumière de l'image.* |
| 4684. Camille Laurens | *Ni toi ni moi.* |

| | |
|---|---|
| 4685. Jonathan Littell | *Les Bienveillantes.* |
| 4686. François Weyergans | *La démence du boxeur.* (à paraître) |
| 4687. Frances Mayes | *Saveurs vagabondes.* |
| 4688. Claude Arnaud | *Babel 1990.* |
| 4689. Philippe Claudel | *Chronique monégasque* et autres textes. |
| 4690. Alain Rey | *Les mots de saison.* |
| 4691. Thierry Taittinger | *Un enfant du rock.* |
| 4692. Anton Tchékhov | *Récit d'un inconnu* et autres nouvelles. |
| 4693. Marc Dugain | *Une exécution ordinaire.* |
| 4694. Antoine Audouard | *Un pont d'oiseaux.* |
| 4695. Gérard de Cortanze | *Laura.* |
| 4696. Philippe Delerm | *Dickens, barbe à papa.* |
| 4697. Anonyme | *Le Coran.* |
| 4698. Marguerite Duras | *Cahiers de la guerre* et autres textes. |
| 4699. Nicole Krauss | *L'histoire de l'amour.* |
| 4700. Richard Millet | *Dévorations.* |
| 4701. Amos Oz | *Soudain dans la forêt profonde.* |
| 4702. Boualem Sansal | *Poste restante : Alger.* |
| 4703. Bernhard Schlink | *Le retour.* |
| 4704. Christine Angot | *Rendez-vous.* |
| 4705. Éric Faye | *Le syndicat des pauvres types.* |
| 4706. Jérôme Garcin | *Les sœurs de Prague.* |
| 4707. Denis Diderot | *Salons.* |
| 4708. Isabelle de Charrière | *Sir Walter Finch et son fils William.* |
| 4709. Madame d'Aulnoy | *La Princesse Belle Étoile et le prince Chéri.* |
| 4710. Isabelle Eberhardt | *Amours nomades.* |
| 4711. Flora Tristan | *Promenades dans Londres.* (extraits) |
| 4712. Mario Vargas Llosa | *Tours et détours de la vilaine fille.* |
| 4713. Camille Laurens | *Philippe.* |
| 4714. John Cheever | *The Wapshot.* |
| 4715. Paule Constant | *La bête à chagrin.* |
| 4716. Erri De Luca | *Pas ici, pas maintenant.* |
| 4717. Éric Fottorino | *Nordeste.* |

4718. Pierre Guyotat — *Ashby* suivi de *Sur un cheval.*
4719. Régis Jauffret — *Microfictions.*
4720. Javier Marías — *Un cœur si blanc.*
4721. Irène Némirovsky — *Chaleur du sang.*
4722. Anne Wiazemsky — *Jeune fille.*
4723. Julie Wolkenstein — *Happy End.*
4724. Lian Hearn — *Le vol du héron. Le Clan des Otori, IV.*
4725. Madame d'Aulnoy — *Contes de fées.*
4726. Collectif — *Mai 68, Le Débat.*
4727. Antoine Bello — *Les falsificateurs.*
4728. Jeanne Benameur — *Présent ?*
4729. Olivier Cadiot — *Retour définitif et durable de l'être aimé.*
4730. Arnaud Cathrine — *La disparition de Richard Taylor.*
4731. Maryse Condé — *Victoire, les saveurs et les mots.*
4732. Penelope Fitzgerald — *L'affaire Lolita.*
4733. Jean-Paul Kauffmann — *La maison du retour.*
4734. Dominique Mainard — *Le ciel des chevaux.*
4735. Marie Ndiaye — *Mon cœur à l'étroit.*
4736. Jean-Christophe Rufin — *Le parfum d'Adam.*
4737. Joseph Conrad — *Le retour.*
4738. Roald Dahl — *Le chien de Claude.*
4739. Fédor Dostoïevski — *La femme d'un autre et le mari sous le lit.*
4740. Ernest Hemingway — *La capitale du monde* suivi de *l'heure triomphale de François Macomber.*
4741. H.P Lovecraft — *Celui qui chuchotait dans les ténèbres.*
4742. Gérard de Nerval — *Pandora* et autres nouvelles.
4743. Juan Carlos Onetti — *À une tombe anonyme.*
4744. R.L. Stevenson — *La Chaussée des Merry Men.*
4745. H.D. Thoreau — *« Je vivais seul, dans les bois ».*
4746. Michel Tournier — *L'aire du Muguet,* suivi de *La jeune fille et la mort.*

*Composition et impression Bussière*
*à Saint-Amand (Cher), le 3 juin 2008.*
*Dépôt légal : juin 2008.*
*Numéro d'imprimeur : 081878/1.*
ISBN 978-2-07-035932-5./Imprimé en France.

160997